Alles auf eine Karte

© Tom River Photography

Heiko Wolz, Jahrgang 1977, war Buchhändler und Mitarbeiter in einem Wohnheim für Menschen mit geistiger Behinderung, bis seine Frau und die vier Kinder ihn zum Hausmann erklärten. Seine skurril-witzigen Romane und Erzählungen schreibt er nun zwischen Herd und Puppenhaus, Bügelbrett und Ritterburg. Heiko Wolz lebt mit seiner Familie in Unterfranken auf dem Land.

Heiko Wolz

Alles auf eine Karte

♣♦♠♥

CARLSEN CLIPS

Außerdem in der Reihe Carlsen Clips lieferbar:

Auf dich abgesehen
Aufs Ganze gehen
Egal, was morgen ist
Herz über Klick
Ich weiß alles über dich
Likes sind dein Leben
Totalabsturz
Weil ich so bin

MIX
Papier aus verantwortungsvollen Quellen
FSC® C083411
FSC www.fsc.org

Originalausgabe
Veröffentlicht im Carlsen Verlag
September 2017

Umschlagabbildung: shutterstock.com © Alberto Zornetta / Chinnapong
Umschlaggestaltung: formlabor
Corporate Design Taschenbuch: bell étage
Gesetzt aus der Garamond Three LT
ISBN 978-3-551-31599-1

7:46 Uhr

Kein Schwein testet, ob Glohm das Mikro für die Verabschiedung der *lieben Schülerinnen und Schüler* schon angeschlossen hat. Alle strömen zur letzten ersten Stunde vor den Sommerferien ins Gebäude.

Die Anfänger sehen eine Chance nicht mal, wenn sie nackt über den Pausenhof hüpft!

Ich nehme die drei Stufen mit einem Satz. Meine Tasche pfeffere ich auf den Boden unserer *Freilichtbühne*, einem hässlichen grauen Betonklotz am Rand des Hofs.

Was ich sagen will, habe ich mir noch nicht überlegt. Aber mir wird schon was einfallen. Wie immer.

Wenn ich Glück habe, schaut sogar Leonie zufällig zu.

Jonas grinst von unten zu mir herauf, als ich ans Mikro trete. Ich will gerade den Mund aufmachen, da öffnet er seinen.

Er flüstert nur, aber ich verstehe ihn gut.

»Penis.«
Mein bester Freund verschränkt die Arme vor der Brust und lächelt mich erwartungsvoll an.
Gar nicht mal so blöd von ihm. Schließlich hat er noch eine Rechnung mit mir offen. Das letzte Mal habe *ich* ihn herausgefordert. Mitten in Frau Bärmanns Lateinstunde. Statt Auszüge aus Caesars beknackten Kriegen zu übersetzen, haben wir mit männlichen Geschlechtsteilen um uns geworfen. Natürlich nur verbal. Bis die Bärmann Jonas gehört und ihm einen Vortrag über kindisches Benehmen gehalten hat. Außerdem hat sie ihm eine Zusatzaufgabe aufgebrummt, damit er am Nachmittag darüber nachdenkt.
Die Aufgabe haben wir zusammen erledigt, klar. Jetzt will Jonas trotzdem sehen, wie ich Ärger bekomme. Als kleine Revanche.
Kein Problem. Es wäre nicht das erste Mal.
Ich klopfe mit dem Zeigefinger gegen das Mikro. Kein Mucks dringt aus den Lautsprechern. Das Ding ist so tot wie Bärmanns total aufregende Lieblingssprache. Egal.
»Penis«, sage ich deutlich.
Jonas antwortet auf der Stelle, wieder einen Ticken lauter.

Emil und Daniel aus der 9b stoppen bei uns. Auch unsere Parallelklasse kennt das Spiel. Die beiden wollen sehen, wer zuerst den Schwanz einzieht. Im wahrsten Sinne des Wortes.
Ein Trupp Mädels aus einer der Achten eilt kichernd an uns vorbei zum Haupteingang.
»Penis!«, rufe ich ihnen hinterher.
Wenn Jonas noch eine Runde fordert, muss ich brüllen. Soll er nur. Man kann schlechter in den letzten Schultag vor den Sommerferien starten als mit einer guten Show.
Ich schaue mich um …

7:48

… und mein Herz verliert den Rhythmus.
Es setzt aus und holt den verpassten Schlag so heftig nach, als wolle es mir die Rippen brechen.
Leonie.
Le-o-nie.
Sie schlendert mit Jule und Yasemin vom Fahrradkeller auf den Schulhof. Leos Freundinnen haben mitbekommen, dass ich die Bühne geentert habe.
Leo auch.
Sie verdreht die Augen.
Obwohl die Sonne mich blendet, erkenne ich das bis hier. Als wäre ich eine Fernsehkamera, die sich automatisch auf sie einstellt. Ich zoome sie heran. Alles andere um sie herum verblasst.
Im Unterricht ist das nicht gerade praktisch. Wer will sich schon mit den Schenkeln von irgendwelchen Dreiecken beschäftigen, wenn er Leonie Farbers Nacken betrachten kann? Ihre zu einem lockeren Dutt hochgesteckten Haare? Ihr

Muttermal, drei Zentimeter unter dem linken Ohr? Ihre …

»Ey, du Lappen! Feierabend, oder was?« Jonas holt mich in die Realität zurück. »Erde an Tim Bauer! Wird das heute noch?«

Mittlerweile verfolgen etwa dreißig Leute unser Battle. Ich schiele zum Fahrradkeller. Leo zupft am Träger von Jules quietschgelbem Top. Jule schüttelt die Hand ab und wartet wie die anderen auf meine Reaktion.

Dann will ich das Publikum mal nicht enttäuschen.

Ich hole Luft.

Und zögere.

Zwischen Turnhalle und Schulgebäude ist eine Mutter mit ihrem vielleicht fünfjährigen Sohn aufgetaucht. Die Geschwister-Scholl-Gesamtschule ist bei den Mamis aus dem Neubaugebiet eine beliebte Abkürzung auf dem Weg zum Kindergarten.

Der Spongebob-Rucksack des Kleinen hüpft wild auf und ab.

Wenn die Mutter noch schneller läuft, verliert ihr Sohn den Bodenkontakt.

Der Winzling schaut zu mir herauf.

»Fünf, vier«, zählt Jonas mich an. Er kann die

beiden von unten nicht sehen. Wahrscheinlich wären sie ihm egal. Challenge ist Challenge.

»Drei …«

Die Mutter hat den Jungen beinahe über den Hof geschleift. Er dreht immer noch den Kopf in meine Richtung.

»Zwei, eins, and the winner is …!« Jonas reißt die Arme hoch und spreizt die Finger zum Victory-Zeichen.

Ein paar der Umstehenden klatschen, dann setzt sich die Meute wieder lachend und labernd in Bewegung. In gut zehn Minuten beginnt der Unterricht.

Ich schnappe meine Tasche und springe von der Bühne. Dabei werfe ich einen Blick zum Fahrradkeller. Leo ist weg.

7:51

»Krasse Aktion, Tom!« Silas aus der Parallelklasse hält mir die Hand zum Abklatschen hin. Ich tue ihm den Gefallen und schlage ein.

»Tim. Ich heiße Tim«, korrigiere ich den Vollhonk, aber er dreht bereits ab. Mein Name interessiert ihn weit weniger als mein Auftritt gerade.

»Geil, echt geil. Du kommst auf Ideen, Mann!« Jonas breitet die Arme aus. »He, *ich* habe angefangen! Und *ich* habe gewonnen!«

»Aber du warst nicht auf der Bühne«, sage ich. »Du kackst dir schon die Hosen voll, wenn Glohm nur hustet.«

»Alter, das stimmt doch gar nicht. Der Typ ist mir einfach nur unheimlich. Trotzdem habe ich gewonnen.« Jonas zuckt mit den Schultern. Seine Stimmung hellt sich auf. Das Penis-Ding ist keine große Sache zwischen uns. »Mann, in fünf Stunden sind wir frei!«

Jonas grinst bis über beide Ohren. Leicht ist das nicht. Es grinst sich schlecht bis über zwei riesige Satellitenschüsseln, die einem rechts und links aus den Locken wachsen. Jonas schafft es trotzdem.
Ich gebe es ungern zu, aber ich beneide ihn. Er fliegt mit seinen Eltern zum vierten Mal in ein Hotel an der Costa Blanca. All-inclusive. Drei Wochen lang bequemt er sich nur zum Essen und Schlafen aus dem Liegestuhl. Die restliche Zeit begafft er Bikini-Schönheiten am Pool.
Jonas boxt mir spielerisch in die Seite. »He, versprochen. Nächstes Jahr mieten wir uns eine Hütte direkt am Meer. Dann chillen wir den ganzen Tag und abends laden wir die süßesten Mädels ein. Na, wie klingt das?«
Klingt super.
Ungefähr so super wie letzten Sommer, als er mir das Gleiche für dieses Jahr versprochen hatte. Jonas weiß, dass mein Alter nie in den Ferien freinimmt. Der Filialleiter muss auf dem Posten sein, wenn seine Leute sich erholen. Irgendwie hatte ich mir das anders vorgestellt, als er vom einfachen Optiker zum Chef aufstieg. Die Kohle stimmt, aber die Zeit zum Ausgeben fehlt. Bei mir ist es genau umgekehrt.

7:53

Jonas und ich schwimmen mit dem Strom in den Westflügel. Seit der renoviert wurde, riecht er nach Plastik und Farbe. Nicht einmal die vielen Deos und Parfums der Mädchen können etwas dagegen ausrichten.
Auch die Lehrer lassen den letzten Schultag etwas langsamer angehen. Sie haben sich im Lehrerzimmer verschanzt und kommen erst auf den letzten Drücker heraus. Deshalb hängen alle noch auf den Fluren vor den Klassenzimmern ab.
Auch Leonie.
Ihre Freundinnen Jule und Yasemin scheinen plötzlich Probleme mit den Haaren zu haben: Jule knetet die blonden Fransen, als wären sie ein Pizzateig. Yasemin hat gleich einen Krankenwagen nötig. Sie wirft sich die schwarze Mähne so schwungvoll über die Schulter, dass sie sich noch das Genick bricht.
Der schöne Lukas lehnt bei dem Trio an der Wand.

Jonas seufzt. »Wäre ich schlauer gewesen, hätte ich schlechtere Noten geschrieben.«
»Welcher Oma hast du denn den Spruch geklaut?«
Jonas grinst. »Nee, da ist schon was dran.« Er hebt den Zeigefinger. »Nur wer ehrlich zu sich selbst ist, kommt im Leben weiter. Und ich bin ehrlich zu mir. Denk doch mal nach. Frauen stehen auf ältere Typen. Das ist genetisch veranlagt. Die wollen einen Beschützer. Echt jetzt! Das habe ich mal gelesen. Für Lukas hat sich früher nie eine interessiert. Aber kaum wiederholt er die Neunte, ist er der Abräumer bei den Tussen, die eigentlich wir kriegen sollten. Das war ein cleverer Schachzug von ihm.«
»Lukas ist dumm wie ein halbes Knäckebrot. Ohne Wurst. Deshalb ist er sitzen geblieben.«
Ich schüttele den Kopf. »Obwohl: Das nehme ich zurück. Das arme Brot kann ja nichts dafür.«
Schon klar, dass ich übertreibe. Lukas' Noten waren dieses Jahr okay, soweit ich das mitbekommen habe. Immerhin hat er beim zweiten Anlauf das Klassenziel erreicht. Aber ich will nicht zugeben, dass Jonas richtigliegt. Lukas sieht einfach verdammt gut aus und kommt bei den Mädchen an.

Das war nicht immer so.
Seine Mutter hat ihn vor zwei Jahren zu einem Casting angemeldet. Damals war er noch Pickel-Lukas. Aber Mütter finden ihre Kinder ja grundsätzlich hübsch. Da kannst du aussehen, als hätte Frankenstein einen Streuselkuchen gebumst – du bist trotzdem Mamis Liebling.
Lukas hat sich daraufhin tonnenweise Cremes und Salben ins Gesicht geklatscht. Er ist auf Kontaktlinsen umgestiegen und ins Fitnessstudio geradelt. Jeden Tag.
Beim Casting ist er dann in der ersten Runde rausgeflogen.
Aber immerhin *war* er bei einem Casting. Das ist mehr, als wir anderen von uns behaupten können.
Die reine Haut und die Muckis sind ihm geblieben.
Mir ist das egal. Eigentlich. Aber ich bin schon wieder die Fernsehkamera und voll auf meine Hauptdarstellerin fokussiert. Und was ich sehe, gefällt mir gar nicht.
Der schöne Lukas unterhält sich nicht mit dem Trio.
Er quatscht mit Leo.
Leo lacht.

Es ist das Lachen, für das ich gern verantwortlich wäre.

»Lass mal hingehen.« Ich ziehe Jonas mit.

7:54

Jule scheint zu checken, dass aus ihren Haaren nie eine ordentliche Pizza Margherita wird, und hört mit dem Kneten auf. Sie begrüßt uns und fragt Jonas nach dem Hotel aus, in dem er die nächsten Wochen den King gibt. Auch Yasemin liegt mehr an ihrer Gesundheit als gedacht. Sie hört auf dem schönen Lukas die Zotteln ins Gesicht zu peitschen. Es würde ihr auch nichts nutzen. Lukas hat sich voll auf Leo eingeschossen. Vor ein paar Minuten hat mein Herz wie wild geschlagen. Jetzt wird es zu Stein.
Würde ich tot umfallen und der Gerichtsmediziner würde mich aufschlitzen, wäre er echt überrascht. *Ein Herz aus Stein und dann auch noch im Magen statt im Brustkorb? Ah, ganz klar, Tod durch den schönen Lukas!*
Ich versuche ein Grinsen aufzusetzen und mich ins Gespräch einzuklinken. In Leonies Gegenwart habe ich aber nicht nur den Kamerablick. Sie stellt auch irgendwas

Komisches mit meinem Sprachzentrum an.
Ich muss höllisch aufpassen, dass es keinen Schwachsinn fabriziert und der einfach so aus meinem Mund …
»Hey, ho, hey-di-ho!«, höre ich mich wie einen Opernsänger auf Drogen zwitschern. Ich räuspere mich und presse die tiefste Nikolausstimme heraus, die mein schmaler Brustkorb hergibt:
»Was für ein wundervoller Morgen, nicht? Ein Hoch auf die Erderwärmung! Aber ihr sprecht bestimmt nicht übers Wetter, oder? Dabei ist es so schön. Das Wetter. Total aufregend. Nicht nur heute. Immer. Mal gibt's Sonne, mal Wolken. Nebel ab und zu. Wind. Das ganze Programm eben.«
Leonie, Lukas, Yasemin und Jule starren mich an. Sogar Jonas schwärmt nicht mehr von seinem Luxus-Schuppen in Spanien. Seine Lippen formen eine Frage: WHAT THE FUCK!?
Leo neigt den Kopf zur Seite. Ganz leicht. Wie in Mathe, wenn der Fritzel eine komplizierte Aufgabe an die Tafel schreibt.
Mir bricht der Schweiß aus. Und das liegt nicht an der Erderwärmung.
»Lukas hat gefragt, ob wir uns morgen im Freibad treffen«, sagt sie. Ihre Stimme klingt

leicht heiser und einfach unwiderstehlich. Ich könnte mich reinlegen.

»Klar.« Ich nicke Jonas zu. »Du fliegst doch erst Montag. Dann sind wir dabei, oder?«

Der schöne Lukas lacht trocken. »Die Betonung lag auf *wir.* Leonie und ich. Keine weiteren Gäste.«

Wahrscheinlich findet der Gerichtsmediziner mein Herz gar nicht. Das hängt immer noch im Magen fest. Nur zieht der sich zu einer schrumpeligen Rosine zusammen und reißt alle anderen Organe mit. Es entsteht ein schwarzes Loch. Aus dem kommt ein Schrei, den ich genauso wenig unterdrücken kann wie meine abgefahrene Wettervorhersage gerade.

»SO EINE DÄMLICHE SCHEISSE!«

Nicht zum ersten Mal an diesem Tag starren alle mich an.

7:55

Ich bin ein wandelnder Wasserfall. Oder wenigstens so eine Art Zimmerspringbrunnen. Nicht nur, was den Schweiß betrifft. Ich labere einfach drauflos. Ich muss retten, was zu retten ist.
Es war ein Witz, Leute. Ein Witz!
Das sollen sie zumindest glauben.
»Was für ein Unglück!« Ich klatsche mir den Handrücken gegen die Stirn. Jeder Soap-Darsteller wäre neidisch auf mich. »Da schwinge ich heute Morgen die nackten Füßchen aus dem Bettchen und grübele über mein Tagwerk nach, und dann, Erleuchtung! Ich könnte die holdeste Maid der Schule zum Lustwandeln am See bitten. Doch dann kommt Sir Bettpfosten mir zuvor. Ich bin zu Tode betrübt.«
Lukas kann meine oscarreife Vorstellung nicht würdigen. Er schaut mich aus zusammengekniffenen Augen an. »Was soll der Mist, Bauer?«

Jule und Yasemin kichern. Aus Jonas' Blick könnte man Fragezeichen für ein ganzes Schuljahr basteln. Leo schaut immer noch, als hätte der Fritzel eine besonders knifflige Aufgabe gestellt.
Für mich ist die Situation auch nicht gerade einfach!
Ich frage mich *wirklich* jeden Morgen, wie ich sie anquatschen soll. Seit fast einem halben Jahr. Vorher war das gar kein Thema. Aber dann, plötzlich, hatte ich nur noch Leonie im Kopf. Peng.
Ich sage also die Wahrheit. Aber ich will, dass sie wie eine Lüge klingt.
Schöne Scheiße.
Bei nächstbester Gelegenheit wird Lukas mir den Arsch aufreißen. Mich in einer dunklen Gasse abfangen und windelweich prügeln. Oder er hebt sich die Abreibung für das nächste Schuljahr auf und grätscht mich im Sportunterricht weg. Er könnte mir auch einen Medizinball in die Weichteile donnern, wenn ich nicht aufpasse. Ich traue ihm das durchaus zu. Voll in die Glocken. Das kann Lukas vor Leonie natürlich nicht sagen. Er muss freundlich bleiben, damit er sich weiter an sie ranwanzen kann.

Lukas grinst wieder einfach nur nett.
Als würde er in der Mensa Pommes bestellen.
Das Lächeln ist nicht mal aufgesetzt. Der nimmt mich wirklich keine Spur ernst!
»Dann also morgen um halb elf, Leo?«, fragt er.
»Ich hole dich ab.«
»Hat sie denn schon zugesagt?« Jonas hat seine Sprache wiedergefunden.
»Nein«, antwortet Yasemin wie aus der Pistole geschossen und kassiert dafür ein Augenrollen von Leo.
Lukas ist sichtlich verwirrt. Jonas nutzt es aus.
Er verneigt sich vor Leo: »So wie ich das sehe, holde Maid, wollte der tapfere Tim zuerst um Eure Gunst bitten. Sir Bettpfosten ist ihm nur zuvorgekommen. Wäre es daher nicht gerecht, wenn der tapfere Tim auch eine Chance erhielte, sein Glück zu versuchen?«
Leo schaut zwischen Lukas, Jonas und mir hin und her. Sie beißt sich auf die Unterlippe. Ihre Stirn wirft hübsche kleine Falten. Ich möchte jede einzelne küssen.
»Ihr seid so bescheuert.« Damit meint sie Jonas und mich.
Ich würde auch Lukas dazuzählen. Vor allem Lukas. Leider fragt mich niemand.

»Aber okay«, sagt Leo zögerlich. Als präsentiere sie Fritzel einen Lösungsweg und sei sich nicht sicher, ob er der richtige ist. »Also, überrasch mich, Tim. Beweise mir, dass du nicht der totale Volltrottel bist, den du uns gerade präsentierst hast. Du hast Zeit bis zum letzten Gong. Vielleicht überlege ich es mir dann und wir unternehmen mal was zusammen.«
Sie verschwindet im Klassenzimmer. Jule und Yasemin begleiten sie kichernd. Der schöne Lukas schüttelt den Kopf und geht auch. Der denkt immer noch, dass ich keine Gefahr für sein Date mit Leo darstelle.
Er könnte mir wenigstens ein ganz klein wenig drohen! So rein fürs Selbstvertrauen.
Ich rühre mich nicht und versuche zu verstehen, was gerade passiert ist.
Leonie Farber hat mich aufgefordert sie anzumachen.

7:57

Jonas' Gesicht schiebt sich in mein Blickfeld. Ganz langsam. Als wäre ich ein Patient, den er in der Klapse besucht. »Hast du was geraucht? Was laberst du da vom Wind?«
Ich habe mit Leo gesprochen. Und sie mit mir. So richtig. Sie hat nicht nur genervt aufgestöhnt. Sie hat echte Wörter benutzt. Hammer!
Jonas seufzt. »Und was hast du jetzt vor?«
Ich lasse das Ganze noch einmal vor meinem inneren Auge ablaufen. Hammer!
Auch Jonas ruft sich die letzten Sekunden noch einmal ins Gedächtnis. »Ein Hoch auf die Erderwärmung! Haha! Und dann dein Gesichtsausdruck, als du geblickt hast, dass zwischen den beiden was läuft. Genial.«
»Da läuft nichts!«
Jonas krümmt sich. Der hat echte Schmerzen. Gleich setzen die Wehen ein. »Du guckst ja schon wieder so. Haha! Lass das, ich kann nicht mehr!« Er richtet sich mühsam auf. Endlich hat

er sich wieder halbwegs unter Kontrolle. »Mann, du musst ihr sagen, dass du in sie verknallt bist.«
Verknallt – das hört sich nach Grundschule und Zetteln zum Ankreuzen an, nach ausgeschnittenen Herzchen und solchen Sachen. Vor jedem anderen müsste ich jetzt auf dicke Hose machen. Ich müsste sagen, dass ich Leo nur flachlegen will. Aber darum geht es nicht. Also, nicht ausschließlich. Jonas muss mich nur anschauen, um das zu kapieren.
»Ich hab schon mitgekriegt, dass du auf sie stehst. Aber so heftig. Echt? Hast du nie erzählt.«
Mehr sagt er nicht.
Jonas ist ein echter Freund.
Wieso habe ich ihm nichts von meinen Gefühlen für Leo gesagt?
Weil es etwas anderes ist, die kitschigen Schmetterlinge im Bauch zu haben, als ein Mädchen einfach nur geil zu finden?
Weil das irgendwie peinlich ist?
Jonas bleibt hartnäckig. »Du musst mit ihr reden, Mann. In der großen Pause? Ich lenke Jule und Yasi ab und du schnappst sie dir? Aber was machen wir mit Lukas?«
»Ich soll sie überraschen. Das muss knallen. Es

soll sie aus den Flipflops hauen. Reden reicht da nicht.«
Eigentlich ist das wie gemacht für mich. Aber mein Gehirn hat gerade Sendepause. Dagegen sprüht der Getränkeautomat in der Cafeteria vor Einfallsreichtum. Wenn du bei dem auf Apfelschorle drückst, schmeißt er dir ein stilles Wasser aus.
Ich starre an Jonas vorbei auf die Uhr im Klassenzimmer.
Jede Sekunde taucht die Bärmann auf. Die quält uns bestimmt auch in der letzten Stunde noch mit Caesar. Wie soll ich mich da auf das wirklich Wichtige konzentrieren? Der römische Bademantelträger ist schuld, dass ich nie bei Leo landen werde!
Mein Blick wandert hinaus auf den Schulhof.
Zur Bühne für die Abschlussfeier.
Und es macht *Klick!*

7:59

Jonas starrt mich an. Ich sehe, wie sich die Rädchen und Schräubchen hinter seiner Stirn drehen. Leider scheint etwas zu klemmen. In seinen Augen blinken weiterhin nur Fragezeichen.

Ich erkläre es ihm noch einmal: »Der Liebmann ruft uns wie jedes Jahr zum Ende der sechsten Stunde raus. Dann lobt er sich und seine *lieben Kolleginnen und Kollegen* dafür, dass sie uns so toll unterrichtet haben. Er verteilt Blumen für jeden Mist, den jemand geleistet hat. Und diesmal …«

»… enthüllt er das neue Logo der Schule.«

»Sie sind ja ein echter Blitzmerker, Herr Sauerwein!«, lobe ich Jonas. »Liebmann zieht an der Schnur, das Logo entrollt sich, alle jubeln wie bekloppt, und dann ab in die Ferien. Eigentlich.«

»Aber wenn es nach dir geht, flattert auf der Bühne deine Liebeserklärung an Leo.«

Ich nicke, obwohl ich mit der *Liebeserklärung*

nicht ganz einverstanden bin. Das hat schon wieder was von Kleinkindern, die sich im Sandkasten gegenseitig die Förmchen schenken. Meine Aktion soll dann doch eine Nummer größer werden.
»Ab der vierten Stunde steht die Sonne so hoch, dass die Jalousien zum Hof hin geschlossen werden. Uns sieht also niemand. Wir holen das Logo runter und ersetzen es durch mein Plakat. Zwei Handgriffe, fertig. Total easy.«
Jonas' Augen werden fast so groß wie seine Ohren.
Jetzt kommt sein Aber, wie immer.
»Ganz ehrlich, Tim.« Jonas spricht betont langsam. »Das ist ... die geilste Aktion überhaupt! Alter, so was hat noch keiner gebracht! Da reden sie noch in Jahren von!«
Jonas ist ganz aus dem Häuschen. Gleich pinkelt er sich vor Freude in die Hose.
»Äh, warte mal. Wir tauschen das Logo gegen unser Plakat aus?«
Wir.
Unser.
Jonas denkt keine Sekunde daran, mich hängen zu lassen.
»Welches Plakat denn, Tim?«, fragt er.

Ich grinse und schiele an ihm vorbei auf die Uhr. Wir müssen uns beeilen. Ich lege meinem besten Freund den Arm um die Schultern und ziehe ihn vom Klassenzimmer weg. »Das basteln wir. Ich weiß auch schon genau, wie. Wir müssen nur eine oder zwei Stunden blaumachen.«

8:00

Jonas und ich huschen durch die leeren Gänge. Aus den ersten Räumen donnert das kollektive *Guten Morgen!*. Am letzten Schultag klingen alle noch mal so richtig motiviert.
Auch ich bin voller Energie.
Nicht, um mir noch mehr über Bärmanns geliebten Caesar anzuhören. Nein, ich werde dafür sorgen, dass Leo aus den Sandalen kippt – und der Rest der Schule gleich mit!
Jonas und ich joggen an den Zimmern für die Nachmittagsbetreuung vorbei und verstauen unsere Taschen in den Schließfächern. Wir verlassen das Gebäude durch die Seitentür. Geduckt biegen wir auf die Industriestraße ein und laufen zur Bushaltestelle. Von der Geschwister-Scholl aus kann uns jetzt keiner mehr sehen.
Der 12er fährt hier immer zur halben Stunde ab. Wir zuckeln gemütlich zu mir nach Hause. Dort habe ich alles, was wir brauchen.

Aber vorher muss ich noch was erledigen.
Ich zücke mein Handy. Die Nummer der Schule ist abgespeichert.
Ich war das bestimmt nicht! Meine Mutter ist im Elternbeirat und hat die Nummer bei sich eingetragen. Ihre Kontakte tauchen auch bei mir auf.
»Geschwister-Scholl-Gesamtschule, Fuchs, guten Morgen«, meldet sich unsere Sekretärin. Ich habe sie auf den Lautsprecher gelegt, damit Jonas mithören kann.
»Ihnen auch einen wunderschönen guten Morgen, Frau Fuchs!«
Jonas klatscht sich die Hand vor den Mund. Er wirft sich jedes Mal weg, wenn ich meinen Vater nachmache. Dabei klinge ich gar nicht wie er. Finde ich. Aber sogar Mama fragt nach, wer dran ist, wenn sie einen von uns am Apparat hat. Meistens geht es darum, dass sie doch länger unterwegs sein wird als gedacht. Weil sie noch was für den Sportverein organisieren muss. Oder die Eine-Welt-Gruppe. Oder eben den Elternbeirat. Oder …
»Ich rufe spät an, Frau Fuchs«, schüttele ich die Gedanken ab. »Aber besser spät als nie, was, Frau Fuchs?«

Das ist so eine blöde Marotte meines Vaters: ständig den anderen beim Namen nennen.
»Auf jeden Fall wollte ich Bescheid geben, dass Tim heute später in die Schule kommt, Frau Fuchs.« Ich rede ohne Pause. Erstens, weil mein Vater das tun würde. Zweitens, weil ich keinen Knoten mehr im Hirn habe wie gerade bei Leo.
»Im Vertrauen, Frau Fuchs, ich hätte mich ja durchgebissen. Wegen der Kleinigkeit zum Arzt? Aber die heutige Jugend. Na, wem sage ich das, was, Frau Fuchs? Man kann sich seine Kinder nicht aussuchen, haha. Aber verraten Sie Tim nicht, dass ich das gesagt habe, Frau Fuchs! Um auf den Punkt zu kommen: Tim wird nach der zweiten Pause zum Unterricht erscheinen. Da lasse ich nicht mit mir reden! Nicht am letzten Schultag. Gut, ja? Dann auf …«
Neben mir winkt Jonas, als würde auf der anderen Straßenseite YouTube-Joyce vorbeihoppeln und er wolle mich auf sie aufmerksam machen.
Ich muss aufpassen, dass ich bei seinen komischen Verrenkungen nicht aus der Rolle falle.
»Ah, Momentchen, Frau Fuchs! Sind Sie noch dran? Sehr schön. Fast hätte ich es vergessen. Ich

soll auch Jonas Sauerwein entschuldigen. Im Auftrag seiner Eltern. Er scheint sich bei Tim angesteckt zu haben. Nein, wenn ich es mir recht überlege, hat Jonas zuerst schlecht ausgesehen. Ja, ganz übel. Nicht, dass er normalerweise toll aussieht, wenn Sie verstehen, was ich meine, haha! Wahrscheinlicher ist also, dass die Krankheit von ihm ausging, Frau Fuchs. Na, wie auch immer. Ich bringe die beiden später zum Arzt und liefere sie dann rechtzeitig vor der Zeugnisausgabe an der Schule ab. Einen schönen Sommer, Frau Fuchs!«

Ich lege auf.

Jonas nickt zufrieden.

Wir setzen uns auf die Bank, strecken die Beine aus und blinzeln in die Sonne. Kein Wölkchen ist in Sicht. Es riecht nach heißem Asphalt. In der Hecke hinter uns summen sich die Bienen einen ab. Es fehlt nur noch der Pool – mit Leo im Bikini für mich und YouTube-Joyce für Jonas. Dann könnte selbst Spanien nicht gegen die Bushaltestelle in der Industriestraße anstinken.

»Noch mal zum Plan«, sagt Jonas. »Dein Alter hat vor ein paar Jahren auf dem Flohmarkt eine Weltkarte gekauft? Und die ist echt so groß wie das Logo? Das fällt keinem auf, wenn wir die Teile austauschen?«

»Korrekt. Wir holen das Ding, hauen einen coolen Spruch drauf und gehen mit einer Spontanheilung in den Unterricht.«

Jonas' Mundwinkel kitzeln wieder die Satellitenschüsseln. »Apropos Spontanheilung. Du hast der Fuchs gar nicht gesagt, was wir haben. Also, du hast auf jeden Fall Filzläuse! Oder Sackratten!«

»Alter, hörst du nie zu? Ich habe mich bei dir angesteckt!«

Jonas checkt, was das heißen würde. Er macht Würgegeräusche. »Boah, dann besser Ebola.«

Wir dichten uns die wildesten Krankheiten an und einigen uns auf Zombifizierung. Wir überbieten uns gegenseitig mit den Beschwerden, die lebende Tote ertragen müssen: abgefallene Arme und Beine, Probleme mit der sich abschälenden Haut, Mangelerscheinungen aufgrund einseitiger Ernährung ... Dem Fritzel gegenüber wollen wir das später als Magen-Darm-Geschichte verkaufen.

Mein Handy summt. Ich nehme den Anruf entgegen, ohne darüber nachzudenken.

»Jup?«, frage ich gut gelaunt ...

8:07

… und gebe augenblicklich einen prima Toten ab. Alles Leben rauscht aus meinem Körper.
»Wer ist es denn?«, fragt Jonas.
Ich kicke ihm gegen das Schienbein.
»Guten Morgen, Herr Glohm«, sage ich überdeutlich. »So eine Überraschung.«
Jonas' Gesicht fällt in sich zusammen. Er schaut mich flehend an.
Der Schisshase hofft, dass es einer meiner Gags ist und ich ihn gleich auflöse. Mache ich aber nicht. Ich habe tatsächlich unseren Hausmeister dran. Warum auch immer.
»Ich war gerade im Sekretariat«, klärt Glohm mich auf. »Dort habe ich mitbekommen, dass du krank bist.«
Das Verhältnis zwischen Glohm und mir ist etwas angespannt.
Glohm kann es mir einfach nicht verzeihen, dass ich in der fünften Klasse eine Tür geschrottet habe. Als wäre ich mit Absicht dagegengerannt!

Gut, ein Unfall war es auch nicht unbedingt. Ich wusste, dass ich die anderen damit zum Lachen bringen würde. Aber konnte ich ahnen, dass mein Aufprall das Ding gleich aus den Angeln hebt?
Ich bin mitsamt der Tür vor Glohms Füßen gelandet. Seitdem bin jedes Mal ich schuld, wenn irgendwo irgendwas kaputtgeht. Wahrscheinlich bin ich auch für das Ansteigen des Meeresspiegels verantwortlich. Die Eisbären habe ich sowieso auf dem Gewissen, und Fukushima war auch ich.
»Hat es dir die Sprache verschlagen?«, höre ich Glohm. »Sommergrippe? Seitenstrang-Angina? Stimmband-Reizung? Bronchialer Infekt?«
Mir ist nur die Zombifizierung im Kopf geblieben. Ich glaube nicht, dass Glohm die akzeptieren würde. Der würde sich eher über den Zuwachs freuen. Endlich zwei weitere Vertreter seiner Art an der Schule!
»Krank, genau«, antworte ich knapp.
»Komisch«, sagt Glohm. »Ich könnte schwören, dass ich dich und den Sauerwein heute schon gesehen habe. Dein Vater bringt euch beide also zum Arzt? Gibst du ihn mir mal?«
»Wen?«, frage ich.

»Den Heiligen Geist! Na, deinen Vater! Der muss ja in der Nähe sein. Er hat doch von deinem Handy aus angerufen.«
Ich kann Glohms fieses Grinsen förmlich *spüren*. Es kriecht durch die Leitung aus der Geschwister-Scholl, schießt ins All, wird von einem Satelliten zurückgeworfen und direkt in mein Hirn gebrannt.
Glohm liest meine Gedanken genauso wie ich seine. »Das Wunder der Technik, was, Bauer? Ich habe die Telefonanlage selbst eingerichtet. Deine Nummer ist hier schön in der Liste angenommener Gespräche gespeichert. Jeder kann sehen, dass *du* angerufen hast.«
Das Blut rauscht in meinen Ohren. Jetzt bloß nichts anmerken lassen und die Lüge durchziehen! Nur Anfänger knicken sofort ein. Ich muss Zeit gewinnen und dann in Ruhe nachdenken, was ich unternehmen kann.
»Nö, das war schon mein Vater«, sage ich. Ein guter Anfang. »Äh, er hat nur mein Handy benutzt. Hat seins verlegt. Jetzt ist er kurz unterwegs, sorry. Aber danke für Ihren Anruf. Ich lege mich lieber noch mal hin, bevor ich mit Jonas zum Doc gehe. Wir sehen uns später bestimmt noch, Herr ...«

»Sicher sehen wir uns, Bauer. Aber nicht erst später.«
Warum hört sich das an wie aus einem billigen Horrorfilm?
Sicher nehme ich dir deine Eingeweide raus, du Opfer! Aber nicht erst später, sondern …
»Wie der Zufall es will«, fährt Glohm fort, »muss ich zum Baumarkt. Eine neue Klobrille besorgen. Du warst nicht etwa auf der Lehrertoilette im ersten Stock? Hm? Nur mal schnell? Zu faul gewesen, um nach unten zu gehen? Na, das ist jetzt auch eher Nebensache. Aber du wohnst doch gleich beim Baumarkt um die Ecke. Wagnerstraße, oder? Ich mache mir wirklich Sorgen um dich. Schwer krank und ganz allein zu Hause. Da sehe ich lieber mal nach dir. Bis gleich!«
»Das ist wirklich nicht nötig, Herr …«
Mit einem fiesen Lachen legt der Hausmeister des Todes auf.

8:10

»Ich will nicht ins Gefängnis!«
Seit ich Jonas von Glohms irrer Idee berichtet habe, herrscht bei ihm Weltuntergangsstimmung. Wenn es nach ihm geht, trampeln gleich die vier Reiter der Apokalypse durch die Industriestraße. Dabei müsste ich dringend überlegen, wie wir reagieren – ohne Jonas' übertriebenes Jammern im Hintergrund.
»Niemand kommt ins Gefängnis, nur weil er den Unterricht schwänzt. Das Schlimmste wäre der Schulverweis.«
Auf Jonas wirkt das seltsamerweise nicht beruhigend. Er fiept wie eine Maus in der Falle kurz vorm Verrecken.
Ich muss zugeben, dass Glohm mich mit seinem Anruf auch kalt erwischt hat. Wenn wir in zwanzig Minuten nicht bei mir zu Hause sind, haben wir ein echtes Problem. Aber im Grunde hat Glohm doch nichts weiter gegen uns in der Hand. Noch nicht.

Wir müssen nur so schnell wie möglich …
Ich springe auf und ziehe Jonas zum löchrigen Zaun hinter der Bushaltestelle. Strauchrosen wuchern über den Maschendraht. In der Sommerhitze sind ihre Blätter mehr gelb als grün. Ich gehe ein paar Meter am Zaun entlang und halte die Augen offen.
»Suchst du nach einem Versteck? Tolle Idee. Echt. Ganz fantastisch. Das löst all unsere Probleme, wenn wir uns hier in den Büschen verkriechen.«
Jonas' negative Grundeinstellung geht mir langsam auf die Eier. Zum Glück habe ich schon gefunden, was ich gesucht habe. Ich trete zur Seite. »Tada!«
Jonas wirft einen Blick auf das Fahrrad, das seit Jahren neben leeren Bierdosen und zerrissenen Aldi-Tüten vor sich hin gammelt.
»Und das ziehen wir dem Glohm über die Birne, wenn er zufällig hier vorbeikommt, oder was?«
»Du zockst zu viele Brutalo-Spiele.« Ich zerre das Ding über den platt gedrückten Zaun.
»Damit radeln wir in Windeseile zu mir. Das schaffen wir locker in zehn Minuten. Dann steht Glohm da wie ein Vollhorst und wir ziehen unseren Plan durch wie, na ja, wie geplant eben.«

»Alter, was hast du heute mit dem Wind?« Jonas schüttelt den Kopf. »Außerdem ist das Ding Schrott. Das kannst du vergessen.«
Das Rad quietscht bei jeder Bewegung. Der Sattel ist zerfressen und von der ursprünglichen Farbe des Rahmens ist nichts übrig. Meine Hände sind braun vom Rost. Der Mantel des Vorderrads wabbelt wie die Unterarme der Bärmann, wenn sie mit Begeisterung Ablative und Dative an die Tafel schreibt. Aber der Schlauch hat noch Luft. Ein bisschen. Das muss reichen.
»Auf den Gepäckträger«, sage ich. »Oder hast du eine bessere Idee?«
Die hat Jonas nicht. Seufzend steigt er auf. Ich fahre an. Nach wenigen Metern biege ich vom Bahnhof Richtung Südstadt ab.

8:26

»Leg mal 'nen Zahn zu!« Jonas treibt mich an. Offensichtlich hat er seine Meinung geändert und sieht doch eine Chance, Glohm zuvorzukommen.
Allerdings trete ich seit einer Viertelstunde wie ein Ochse!
Sobald ich das Teil ein paar Meter rollen lasse, werden wir langsamer. Die Räder sind total festgerostet.
Statt Jonas das zu sagen und ihn damit wieder zum Fiepen zu bringen, konzentriere ich mich auf meinen Job. Endlich scheint sich auch das Rad an sein Leben vor den Strauchrosen zu erinnern. Es läuft jetzt leichter. Das liegt auch daran, dass wir die Südstadt erreichen. Bis zur Wagnerstraße geht es bergab.
Ich strampele weiter, um noch mehr Tempo zu kriegen.
Ich lege mich zur Seite und nehme den Schwung mit in die Wagner.

Dreihundert Meter vor uns liegt mein Zuhause.
Ich ziehe die Hinterbremse.
Wir werden schneller.
Ich ziehe die Hinterbremse fester.
Es quietscht, dass man es bis in die Zähne spürt.
Da ist kein Gramm Gummi mehr auf den Bremsen! Verflucht!
Ich weiche einem parkenden Auto aus und rausche fast in ein entgegenkommendes Fahrzeug. Hupend zieht es an uns vorbei.
»Spinnst du?«, ruft Jonas von hinten. »Halt an, Mann!«
Tolle Idee. Auf die wäre ich selbst nie gekommen! Und hat er nicht gerade noch gesagt, dass ich mich beeilen soll? Kann er sich vielleicht mal entscheiden?
»Wie denn, du Einstein?«, brülle ich zurück und lasse die Bremsen erneut quietschen.
Jonas schnallt, was los ist. Er klammert sich von hinten an mich und drückt mir dabei fast die Luft aus den Lungen. Über den Fahrtwind hinweg höre ich sein Wimmern.
Keine Panik!
Ich habe alles unter Kontrolle.
Mehr oder weniger.
Okay.

Okay, okay.
Ich richte meinen Oberkörper auf. Das erhöht den Luftwiderstand.
Der Fritzel wäre stolz auf mich, dass mir das einfällt!
Es hilft nur nichts. Wir werden immer noch schneller.
Die Wagnerstraße knickt vor einer großen Werkstatt für Landmaschinen scharf nach links ab. Die Kurve kriege ich mit der Geschwindigkeit nie und nimmer! Jonas und ich werden mitten in den Laden krachen. Uns an einem Mähdrescher aufspießen. Da wird der Gerichtsmediziner wieder alle Hände voll zu tun haben.
Inzwischen sehe ich nur noch verschwommen. Meine Augen haben wohl etwas dagegen, dass ich ohne Schutzbrille in den Tod fahre. Die wollen das nicht sehen.
Ich blinzele die Tränen weg. Der gelbe Umriss rechts voraus muss unser Haus sein. Das Grün ist die Hecke davor.
Es gibt nur eine Möglichkeit.
Ich schlucke – und reiße den Lenker herum.
Das Grün springt mich an.
Ich denke noch, dass ich jetzt ziemlich genau die

letzten Momente japanischer Kamikaze-Piloten aus dem Zweiten Weltkrieg nachfühlen kann. Und dann denke ich, ach, so schlimm kann das schon nicht werden.

8:32

Über mir dreht sich ein Vorderrad. Von unten sieht es aus wie das Kettenkarussell auf der Michaelis-Messe im Herbst. Es fehlen nur die Gondeln mit den juchzenden Kindern.
Außerdem hat das Karussell einen ordentlichen Achter abbekommen. Es wird langsamer und bleibt stehen.
Einzelne Sonnenstrahlen finden ihren Weg durch die Äste und lassen den Rost auf den Felgen fast golden schimmern. Statt nach Zuckerwatte und gebrannten Mandeln riecht es um mich herum trocken, erdig und grün. Irgendwie muffig.
Ich bin ein Raumschiff.
Auf der Brücke in meinem Kopf trudeln die Schadensmeldungen der verschiedenen Stationen ein: *rechtes Knie, aua. Linke Hand, aua. Beide Schultern, aua. Bauch, aua. Rücken, aua.* Und immer so weiter. Bis der ganze Körper durch ist.
»Bist du bekloppt, Mann?!«
Ich sehe nur Jonas' Turnschuh und finde es

komisch, dass der mit mir spricht. Ich lächele ihn freundlich an. Vielleicht ist es ja ein Außerirdischer, der zufällig genauso aussieht wie Jonas' durchgelatschte Schlappen. Da ist man besser nett.

»Der Gerichtsmediziner soll auch mal frei haben«, höre ich mich das Alien begrüßen.

So ganz verstehe ich nicht, warum ich das sage. Und wieso denke ich dabei an Leonie auf einem Mähdrescher?

Schlagartig wird mir klar, weshalb ich hier liege! Ich springe auf und stolpere über Jonas' Beine aus der Hecke ins grelle Sonnenlicht.

Mir tut alles weh, aber ich scheine nicht ernsthaft verletzt zu sein.

Jonas kriecht auf allen vieren über den Rasen.

»Beeilung!«, ächzt er.

Ich humpele zum Haus und schließe auf. Jonas krabbelt über die Schwelle. Im selben Moment höre ich einen Motor und drehe mich um. Oben biegt Glohms froschgrüner Kombi in unsere Straße ein.

Ich werfe die Tür zu. Jonas schleppt sich in die Küche und geht unter dem Tisch in Deckung.

Ich bin immer noch total außer Puste vom blöden Strampeln auf dem schrottreifen Rad.

Ich reibe mir die nassen Hände an meinem Shirt ab und stelle fest, dass es an zwei Stellen zerrissen ist. In die Löcher passen locker drei Schulverweise. Jeweils.
Für einen Zombie wäre das Outfit vielleicht angemessen. Aber wenn Glohm mich so sieht, wird er bestimmt Verdacht schöpfen.
Wie auf Kommando läutet der Verrückte auch schon. Sein Umriss erscheint im Milchglasfenster an der Seite der Tür.
Denk nach, Tim! Schnell!
Ich renne ins Wohnzimmer und werfe mir die graue Wolldecke meiner Mutter über. Unter dem Teil schwitze ich gleich noch mehr. Als käme ich frisch aus der Dampfsauna und hätte mich dort mit der schwedischen Volleyball-Nationalmannschaft der Damen vergnügt.
Egal.
Wahrscheinlich ist es sogar gut. So krank wie gerade habe ich noch nie ausgesehen.
Ich laufe nach vorn und öffne.
Glohms selbstsicheres Grinsen fällt in sich zusammen.
In seinem Gesicht schiebt sich alles hin und her. Wie bei einem Verkehrsunfall in Zeitlupe: Die Lippen kräuseln sich, die Nasenflügel zucken.

Die Augenbrauen heben und senken sich. Die linke ist der rechten immer einen Ticken voraus. Links wuchern auch mehr Haare über dem Auge. Als könnten sie das rechte nicht leiden und wären ins Nachbarland ausgewandert.
Ich kann sie verstehen. Glohms rechtes Auge spießt einen auf, wenn er einen damit fixiert. Wie die Nadeln die Schmetterlinge im Bio-Saal. Das linke hüpft derweil munter hin und her wie ein hyperaktives Känguru auf Red Bull.
Glohms Gesicht beruhigt sich. Beide Augen richten sich auf meinen Kopf aus.
»Du hast da Grünzeug im Haar, Bauer.«
Ich ziehe mir ein paar Blätter aus der Frisur.
»Öh, echte Latschenkiefer«, fällt mir ein. »Zum Inhalieren. Wollen Sie auch mal?«
Glohm starrt mich weiter an. »Ich könnte schwören, dass du und der Sauerwein mir heute schon mal über den Weg gelaufen seid.«
»Ach, in unserem Alter sehen wir ja alle gleich aus. Sie haben uns mit jemandem verwechselt. Oder andersrum. Ich nehme Ihnen das nicht übel. Jeder macht mal Fehler, Herr Glohm.«
»Mhm.« Glohm nickt skeptisch. »Und dein Vater?«
»Ist jeden Moment wieder da. Wollen Sie

warten?« Ich trete zur Seite und mache eine einladende Handbewegung. Dass mir dabei die Düse geht wie doof, darf Glohm auf keinen Fall merken! Er muss den Bluff schlucken. Sonst bin ich geliefert.
Aus der Küche fiept es leise.
Ich huste, um es zu übertönen.
»Nein, ich habe ja noch die Klobrille im Auto. Die muss schnell drauf, damit die Lehrer wieder …« Glohm schüttelt den Kopf. »Ich wollte nur kurz nachsehen, ob es dir gut geht und du alleine klarkommst. Und Jonas?«
Ich atme innerlich auf und zucke mit den Schultern. »So weit, so gut, denke ich. Mein Vater und ich holen ihn gleich ab.«
»Er ist also auch zu Hause? Aha. Dann gute Besserung, Bauer. Die Arbeit ruft.«
Glohm funkelt mich mit seinem fiesen rechten Auge an. Das gefällt mir ganz und gar nicht. Was hat der Spacko vor?
»Ich fahre nur noch schnell bei deinem Kameraden vorbei. Um auf Nummer sicher zu gehen. Das ist doch kein Problem für dich, oder?«
Halt! Stopp! Neeein!
Das will ich schreien.

Aber ich lächele nur freundlich.
»Super Idee, Herr Glohm«, antworte ich.
»Schöne Grüße.«
Ich warte, bis Glohm in seinen Kombi gestiegen ist. Dann knalle ich die Tür zu und renne los.

8:35

Schon klar, warum mein Vater die Weltkarte unbedingt haben musste: Sie ist riesig.
Auch klar, warum sie seit dem Kauf zusammengerollt im Keller liegt: Sie ist riesig.
Vier mal drei Meter – wer hängt sich schon so ein Monster im Wohnzimmer auf?
Die Karte ist hinter dem kaputten Solarium unter Kisten mit alten Urlaubsfotos und Büchern vergraben. Meine Eltern haben wahrscheinlich längst vergessen, dass sie überhaupt existiert.
Jonas und ich buddeln sie aus und schleppen sie die Treppe hoch.
»Das Rad können wir knicken«, sage ich. Erstens ist es hinüber. Ich muss es später wieder heimlich in irgendeiner Hecke versenken. Zurück zu den Strauchrosen quasi. Zweitens wären wir damit auch viel langsamer als Glohm mit seiner Froschkarre.
»Wir nehmen den Schleichweg durch die Gärten«, sage ich.

Den haben Jonas und ich als Kinder oft benutzt. Zum Leidwesen unserer Nachbarn. Irgendwann haben wir damit aufgehört, über Zäune zu klettern und durch hübsch angelegte Beete zu trampeln.
Jetzt ist der Weg unsere einzige Chance: Glohm muss wegen der Einbahnstraßen in der Südstadt einen ziemlichen Umweg zu Jonas fahren. Zu Fuß können wir wirklich schneller sein als er. Aber nur, wenn wir uns ranhalten!
Jonas und ich stürzen aus dem Haus und hetzen nach hinten. Wir hieven die Kartenrolle über den Zaun zu den Möllers und steigen hinterher. Schnaufend laufen wir durch das staubige Gemüsebeet. Viel wächst bei der Hitze der letzten Wochen sowieso nicht mehr.
Weiter.
Nächstes Grundstück.
Und noch eins.
Wir kämpfen uns durch den dicht stehenden Bambus, der den Garten der Wollerbachs von einem schmalen Pfad abgrenzt. Der Pfad endet direkt im Lindbachweg. Von dort sind es nur wenige Meter bis zu den Sauerweins.
Jonas späht durch die grünen Stängel …

8:39

… und bleibt wie angewurzelt stehen.
»Da liegt jemand«, flüstert er. »Nackt.«
Ich nicke. Die Wollerbachs fahren seit über dreißig Jahren jeden Sommer nach Kroatien. Dort machen sie Urlaub auf einem FKK-Campingplatz. Das ist kein Geheimnis. Sie erzählen es jedem, der es nicht hören will. Den Nackturlaub haben sie früher schon mit ihrem Sohn Robert gemacht. Das haben mir meine Eltern letztes Jahr gesagt. Wahrscheinlich wollten sie mir damit zeigen, wie gut ich es habe, dass ich zu Hause bleiben und mich langweilen darf.
»Die bräunen sich vor«, vermute ich achselzuckend. »Es geht bestimmt bald wieder ab in den Süden.«
»Nee«, sagt Jonas und glotzt angestrengt nach rechts. »Die da ist jünger als die Alten. Und hübscher. Und sie pennt tief und fest.«
Sie?

Okay.
Okay, Okay.
Sosehr ich in Leonie verschossen bin – aber das muss ich sehen!
Einfach ist das nicht, wenn der beste Freund einen auf antike Marmorstatue macht.
Jonas steht da wie hypnotisiert. Er hält sein Ende der Kartenrolle so fest umklammert, dass ich keinen Schritt näher ans Grundstück der Wollerbachs herankomme.
Ich ziehe ihm das Teil aus der Hand. Jetzt kann ich mich bewegen und …
Heilige Axt! Da liegt wirklich eine nackte Frau bei den Wollerbachs im Garten!
Allerdings habe ich sie schon mal gesehen. Angezogen, versteht sich. »Das ist die Schwiegertochter. Also Roberts Frau. Melanie heißt die, glaube ich. Ist wohl zu Besuch.«
»Ich möchte auch eine nackte Schwiegertochter haben«, höre ich Jonas' verträumte Stimme.
Aber warum kommt sie von viel weiter rechts als noch vor einer Sekunde?
Bevor ich etwas unternehmen kann, verlässt Jonas die schützende Deckung des künstlichen Regenwalds. Er dreht sich zu mir. Seine roten Wangen schimmern zwischen dem Bambus

hindurch. Er strahlt glücklich, als hätte er den Highscore in seinem Lieblings-Ballerspiel geknackt. »Gott, ist die nicht hübsch?«
Na ja. Geht so.
Ich denke, dass Jonas im Augenblick etwas voreingenommen ist. Gegen die nackte Melanie könnte nicht mal seine YouTube-Joyce punkten, solange sie Klamotten trägt.
»Die ist Ende zwanzig und zum zweiten Mal Mutter.«
Wahrscheinlich schnarcht sie deshalb um die Uhrzeit wie zehn Lastwagenfahrer. Die Kleinen halten sie nachts bestimmt auf Trab.
Trotzdem klar, dass ich auch versuche einen genaueren Blick auf sie zu werfen. Eine solche Gelegenheit lässt man sich nicht entgehen. Da müsste man ja noch blöder sein als der schöne Lukas und das halbe Knäckebrot zusammen.
Aber ich muss meinen Kumpel auch wieder zur Vernunft bringen!
Wir veranstalten hier kein gemütliches Picknick und können uns alle Zeit der Welt lassen. Wir haben etwas vor und Glohm sitzt uns im Nacken!
Jonas schaut mich streng an. »Ende zwanzig? Dann ist es unsere Pflicht, zu dokumentieren,

dass man auch in fortgeschrittenem Alter und mit zwei Säugern an den Titten so scharf aussehen kann.«

»Die Kinder sind schon im Kindergarten! Die saugen bestimmt nicht mehr!«

Jonas ist empört. »Selbst schuld. An den Brüsten da würde ich hängen, bis ich in Rente gehe!«

»Hat dir schon mal jemand gesagt, dass du eklig bist?«

»Ja, du. Öfter.« Er zückt sein Smartphone. »Aber das ändert nichts daran, dass ich die paar Sekunden verlange. Danach beeilen wir uns eben.«

Löst der Anblick einer nackten Frau Gedächtnisverlust aus? Anders ist das nicht zu erklären. Jonas hat die letzten Minuten total verdrängt. Wir *haben* uns beeilt! Und wie! Noch schneller können wir mit der Karte gar nicht laufen – die übrigens total schwer wird, wenn man sie allein hält.

Ich kämpfe mich möglichst leise aus dem Gebüsch. Jonas schleicht sich unterdessen näher an Melanie heran. Die hat es sich auf einem der vier Liegestühle bequem gemacht. Vor dem im Boden eingelassenen Trampolin für die Enkelkinder der Wollerbachs und der hohen

Bretterwand zu den Schneiders hinüber steht ein Tisch. Er ist für vier Personen gedeckt. Butter, Marmelade, Honig, Obst und Joghurt.
Die Informationen sickern langsam in mein Bewusstsein.
»Wo sind eigentlich die alten Wollerbachs?«, zische ich Jonas zu. »Und Robert?«
Jonas schlägt Melanies Nacktheit offenbar auch auf die Ohren. Er reckt grinsend den Daumen. Als hätte ich ihn zu irgendwas ermuntert. Er geht mit dem Rücken zur Schlafenden in die Knie und streckt den Arm aus.
»Porno-Selfie«, flüstert er.
Rechts über uns schwingt die Terrassentür auf.

8:42

Frau Wollerbach trägt einen Brötchenkorb. Sonst nichts. Ihr Mann hält eine Kaffeekanne in der Hand und ist genauso nackt wie sie und ihr Sohn Robert, der den beiden folgt.
Die drei sehen uns und erstarren zu Salzsäulen.
Jonas scheint an meinem Gesicht zu bemerken, dass etwas nicht stimmt. Er dreht den Kopf. Den Handy-Arm hält er immer noch ausgestreckt von sich.
Ich höre das künstliche *Klick!*, als er auf den Auslöser tippt.
Melanie schlägt die Augen auf.
Wie Dornröschen.
Ich stelle mir vor, was sie sieht: Statt des erstklassigen Prinzen kauert ein nass geschwitzter Lockenkopf mit Elefantenohren vor ihr. Der Gnom grinst geil wie Nachbars Lumpi.
Auf dem Display seines Handys erscheint ein nettes Foto von ihr.
Melanie schreit.

Im selben Moment rennt auch Herr Wollerbach los.
Mir schießt das Bild eines mächtigen Bierfasses mit einem viel zu kleinen Zapfhahn durch den Kopf. Echt überraschend, dass er mit dem Ding so was wie Melanie hingekriegt hat.
Frau Wollerbach setzt sich ebenfalls in Bewegung – auch kein schöner Anblick!
Melanies Mann sieht da schon sportlicher aus. Er hüpft mit einem Satz die Stufen hinunter und kommt breitbeinig auf Jonas und mich zu. So wie der gebaut ist, stemmt er regelmäßig Gewichte. Oder verkloppt unerwünschte Besucher. Beim Nacktfrühstück ist man gerne unter sich, klar.
Er ballt die Hände zu Fäusten.
»Trampolin!«, rufe ich.
Keine Ahnung, woher ich den Geistesblitz habe. Bei all den nackten und schreienden Menschen um einen herum rechnet man ja nicht mit so einer göttlichen Eingebung.
Wahrscheinlich ist ein weiteres Bild dafür verantwortlich, das mich bis an mein Lebensende verfolgen wird: die alten Wollerbachs, nackt und Händchen haltend auf dem Trampolin. Auf und ab. Immer wieder.

Jonas ist bei mir und packt sein Ende der Kartenrolle.
Mit drei Schritten sind wir auf dem Trampolin.
Es federt uns in die Höhe. Wir landen und stoßen uns wieder ab. Wir fliegen locker so hoch wie der Bretterzaun.
Glaube ich.
»Jetzt!«
Beim dritten Sprung katapultieren wir uns mitsamt der Weltkarte in die Lüfte.
Wir erheben uns wie Adler.
Ich spüre den Wind durch die Löcher meines Shirts pfeifen.
Er trägt mich der Freiheit entgegen.
Und dem Zaun.

8:43

Wir kleben an der Wand.
Rein physikalisch ist das unmöglich. Da würde auch der Fritzel staunen. Der Schwerkraft ist es schnuppe, dass sie gegen ihr eigenes Gesetz verstößt. Sie hat sogar noch einen zweiten Witz für uns auf Lager: *Jetzt* schaltet sie zurück in den Normalbetrieb.
Jonas und ich krachen auf den Rasen.
In meinem Kopf trudeln schon wieder die Schadensmeldungen ein: *Rücken, RÜCKEN!*
Etwas Gutes hat die unfreiwillige Flugnummer aber: Die Wollerbachs rennen uns nicht mehr hinterher.
Sie sehen Jonas und mir fassungslos dabei zu, wie wir uns unter Stöhnen und Ächzen aufrappeln, die Karte wieder unter die Arme klemmen und ziellos durch ihren Garten taumeln.
Wirklich einig sind Jonas und ich uns nicht über die Richtung. Jonas zieht mich zum Bambus, ich zerre ihn zurück.

Bis wir uns durch den Dschungel kämpfen, sind die Wollerbachs schon dreimal in Kroatien gewesen! Und Glohm ist bei den Sauerweins aufgeschlagen und weiß, dass wir ihn linken. Uns bleibt nur die Flucht nach vorn.
»Terrassentür!«, rufe ich.
Jonas nickt. Die Wollerbachs schauen weiter zu, wie wir Richtung Haus torkeln. Ich gehe wie Glohm trotzdem auf Nummer sicher. Angriff ist die beste Verteidigung.
»Erregung öffentlichen Ärgernisses!«, brülle ich. »Kleine Kinder erschrecken, was?«
»Was soll der Unsinn, Tim?«
Herr Wollerbach hat mich identifiziert! Mist! Okay, eigentlich kann mich das nicht überraschen. Er und seine Frau kennen mich seit meiner Geburt. Und verkleidet bin ich auch nicht. Ich trage ja nicht mal eine Maske.
»*Ihr* habt *unser* Grundstück betreten.« Herr Wollerbach klingt ganz ruhig. Er scheint überhaupt nicht böse zu sein. Eher verwirrt.
»Wir dürfen hier tun und lassen, was wir wollen, Tim. Ich frage mich nur, was ihr …« Er hebt die Hände und macht jetzt doch einen Schritt auf uns zu.
»ABER ANFASSEN IST VERBOTEN, HERR

WOLLERBACH! ZURÜCK, ZURÜCK, ZURÜCK!«
Herr Wollerbach stoppt.
»Entschuldigung, Herr Wollerbach«, meldet sich Jonas höflich vom anderen Ende der Karte. »Ich müsste da mal durch.«
Er wedelt mit der Hand. Herr Wollerbach macht Platz, damit Jonas ihm nicht die Spitze der Karte gegen den Zapfhahn rammt.
Wir schleppen uns die Stufen nach oben auf die Terrasse. Die Wollerbachs unternehmen keinen weiteren Versuch, uns aufzuhalten. Ich höre sie hinter uns miteinander diskutieren. Nur Robert klingt ziemlich aufgebracht. Klar, der hätte gern die Chance genutzt und uns vermöbelt. Jetzt muss er wieder Gewichte stemmen.
Jonas und ich hetzen durch das Haus. Im Wohnzimmer entdecke ich eine Uhr. Die Arme eines nackten Männchens bilden die Zeiger. Für einen Moment befürchte ich, dass ein anderes Körperteil die Sekunden zählt. Tut es aber nicht. Zum Glück.
Allerdings bin ich nur kurz erleichtert.
Wir haben noch geschätzte zwei Minuten, bis Glohm bei Jonas anklopfen dürfte!

8:45

»Woher sollte ich denn wissen, dass sie schon da ist?«

Jonas pfeift wie eine kaputte Luftpumpe. Ich ringe auch nach Atem. Noch so ein Sprint und ich kann mir meine Lunge als Schal um den Hals binden.

Jonas und ich verstecken uns schräg gegenüber dem Haus der Sauerweins hinter einem Busch. In der Einfahrt parkt der blaue Flitzer von Jonas' großer Schwester Silke.

»Freitag ... oder Samstag ... kommt sie ... hat sie gesagt.« Jonas schnappt weiter nach Luft. Seine Ohren glühen. Die Dinger strahlen eine Hitze ab – Jonas könnte sie glatt als Wärme-Kraftwerke für eine ganze Kleinstadt einsetzen! Dann wäre der Atomausstieg geritzt.

»Da hättest du echt dran denken können«, beschwere ich mich.

»Entschuldige!«, ätzt Jonas zurück. »Ich war zu beschäftigt damit, meinem bescheuerten Freund

zu helfen. Alter, ich renne seit über einer halben Stunde wie ein Bekloppter durch die Gegend! Dabei sollte ich schön brav in der Schule sitzen!«
Der Zeitpunkt für Jonas' Ausbruch ist denkbar ungünstig. Außerdem verdreht er die Tatsachen. *Er* rennt erst seit zehn Minuten. Davor habe *ich* ihn auf einem Haufen Schrott durch die Stadt gefahren.
Leider haben wir keine Zeit, das zu klären.
Ich blocke Jonas' Protest kurz und knackig ab. »Bildung wird überbewertet. Mann, Jonas. Wir. Müssen. Da. Rein. Sofort!«
»Ist dir schon mal der Gedanke gekommen, dass dein Plan doch nicht so genial sein könnte?«
Nein, ist er nicht.
Und ich werde mit Sicherheit auch nicht darüber nachdenken.
Bisher haben wir jedes Hindernis überwunden, das sich uns in den Weg gestellt hat. Alles im grünen Bereich also. Keine Ahnung, warum Jonas sich jetzt so aufregt. Aber wenn ich aufgebe, verspiele ich meine einzige Chance bei Leo.
Jonas schaut mich an. Und seufzt. »Oh, Mann. Warum habe ich mich im Kindergarten nur mit dir abgegeben? Ich hätte dich besser gemobbt

wie der Rest auch. Scheiß soziale Einstellung. Da sieht man mal, was man davon hat. Okay, dann los. Ich regele das mit Silke. Wird schon schiefgehen.«

Seltsamerweise bin nun ich es, der skeptisch wird.

Silke ist nicht nur Jonas' ältere Schwester – sie war auch auf der Geschwister-Scholl. Vor zwei Jahren hat sie dort Abitur gemacht. Notendurchschnitt: 1,1. Beim Liebmann ist sie mit einer glatten Eins durch das Mündliche spaziert. In ihrer ganzen Schullaufbahn hat sie nur drei Tage gefehlt, soweit ich weiß. Da wurden ihr die Mandeln entfernt. Sie hätte länger zu Hause bleiben dürfen. Aber sie wollte so schnell wie möglich wieder in den Unterricht. Jetzt studiert sie Jura in Würzburg.

Wahrscheinlich wäre sogar Jesus ein besserer Komplize für uns als sie.

8:46

Jonas betritt den Flur. »Silke? Huhu, ich bin's!« Aus der Küche klappert es. Die zukünftige Staatsanwältin gönnt sich wohl ein zweites Frühstück zu Hause.
Ich schiebe die Haustür hinter Jonas und mir zu und spähe durch das Fenster nach draußen. Genau im richtigen Moment! Glohms Kombi taucht beim Sportplatz auf und braust zu uns herauf.
Ich schiebe Jonas mit der Karte vorwärts und stolpere hinterher.
Wir haben keine Zeit für Small Talk! Jonas muss zur Sache kommen. Zum Glück kapiert er das auch.
»In ein paar Sekunden läutet es«, bricht es aus ihm heraus.
Silke sitzt am Tisch und schaut uns über ihre Schüssel Haferflocken mit Erdbeeren hinweg an.
»Du musst sagen, dass ich im Bett liege und krank bin«, erklärt Jonas weiter. »Gleich kommt

Tims Vater und nimmt mich mit zum Arzt. Also, nicht wirklich, aber das musst du auch sagen. Und danach gehe ich in die Schule. Das jetzt in echt.«
Silke lässt den Löffel in die Schüssel sinken.
Langsam.
Viel zu langsam.
Dabei sieht sie uns aufmerksam an. Genauer gesagt sieht sie *mich* an.
In was für eine Scheiße hast du Jonas diesmal reingezogen?, fragt ihr Blick.
Zum Glück bin ich für Silke so was wie ihr zweiter Bruder. Ihr missratener Bruder, okay. Das schwarze Schaf der Familie. Aber sie würde mich trotzdem nicht ans Messer liefern. Hoffe ich.
»Silke!«, fleht Jonas. »Das ist ein echter Notfall. Jeden Moment kommt der Glohm und …«
Täusche ich mich oder verzieht Silke bei Glohms Namen das Gesicht? Darüber nachdenken kann ich nicht: Jonas hat den Satz nicht zu Ende geführt, da läutet der irre Hausmeister schon.
Silke schaut noch einmal zwischen Jonas und mir hin und her. Ihr Blick fällt auf die Karte. Jetzt runzelt sie wirklich die Stirn. Sie schüttelt den Kopf … und steht auf.
»Ich will es gar nicht wissen, ihr Spinner. Oder

doch. Ich will *alles* wissen! Ihr denkt euch also besser eine gute Erklärung dafür aus, dass ich für euch lüge. Aber jetzt will ich keinen Mucks von euch Idioten hören, verstanden?«

Jonas und ich nicken.

Silke lässt uns in der Küche zurück und öffnet die Haustür. »Guten Morgen, Herr Glohm«, höre ich sie. »Was machen Sie denn hier?«

»Ich habe zufällig mitbekommen, dass Jonas krank ist.« Glohm redet nicht lange um den heißen Brei herum. Das muss man ihm lassen.

»Ich war in der Nähe und habe gedacht, ich schaue mal, wie es ihm geht.«

»Das überrascht mich etwas.«

Wieder kann ich Glohms fieses Grinsen *spüren*. Er sieht sich in seinem Verdacht bestätigt, dass wir blaumachen.

»Dass der Hausmeister einer Schule sich um deren kranke Schüler kümmert, meine ich«, spricht Silke aber schon weiter. »Das überrascht mich wirklich. Haben Sie eine Weiterbildung zur Schulkrankenschwester besucht, Herr Glohm?«

Bämm!

Ich nicke Jonas anerkennend zu. Seine Schwester hat echt was auf dem Kasten.

Beim Fußball wäre sie ein brutaler Gegner. Sie hat Glohm auflaufen lassen und tritt noch mal ordentlich nach: »Oder steht das wirklich so in Ihrer Stellenbeschreibung? Na, wie auch immer, Jonas geht es den Umständen entsprechend. Zum Glück kommt Herr Bauer gleich. Ich würde Jonas ja selbst gern zum Arzt begleiten, wenn ich schon zu Hause bin. Aber nicht jeder hat Zeit, einfach so durch die Gegend zu fahren, wissen Sie?«
Ich hebe die Hand.
Jonas holt aus, um abzuklatschen.
Im letzten Moment halten wir uns zurück.
Statt Silke zu feiern, lauschen wir, wie sie Glohm freundlich, aber bestimmt verabschiedet. Wenige Sekunden später knallt die Autotür und Glohm braust mit quietschenden Reifen davon.
Silke schlendert in die Küche. Ihr Grinsen ist ähnlich breit wie das von Jonas.
Sie sieht uns und wird wieder ernst. Ich habe jetzt schon Mitleid mit jedem Angeklagten, den sie später in die Mangel nehmen wird. Sie verschränkt die Arme vor der Brust.
»So, das wäre erledigt. Und jetzt raus mit der Sprache. Was ist hier los?«

8:57

Jonas schickt mich nach draußen. Er will lieber allein mit seiner Schwester reden. Mir ist das recht.
Die ersten Minuten laufe ich hin und her – voll unter Strom.
Es ist alles gut, beruhige ich mich.
Wir haben das Plakat.
Wir haben Glohm abgewimmelt.
Vor allem aber haben wir wieder eins: Zeit.
Noch rund zwei Stunden bis zur Pause. Das reicht dicke.
Ich rutsche an der von der Sonne aufgeheizten Hauswand nach unten, ziehe die Knie an und schließe die Augen. In der letzten Stunde hatte ich das Gefühl, auf die Spitze einer Rakete gebunden gewesen zu sein. Jetzt nehme ich in der Bimmelbahn aus dem Zoo Platz und mache Pause bei den Faultieren.
Ich höre Jonas um die Ecke schlurfen und schaue auf.

Mein bester Freund lässt sich neben mir auf den Boden sinken. Er legt den Kopf in den Nacken und hält das Gesicht in die Sonne.
»Heute Abend will Silke unseren Alten ein Internat empfehlen. In das sollen sie mich schicken, meint sie. Eins für Schwererziehbare und so. Sie druckt schon mal alle Infos aus.«
»Endlich«, antworte ich. »Da hätten deine Alten auch allein draufkommen können.«
»Wahrscheinlich stecken sie mich zu den Massenmördern und Vergewaltigern.«
»Hoffentlich haben die Weicheier keinen Schiss vor dir.«
Ich warte darauf, dass Jonas grinst. Das Internat ist genauso erfunden wie die Zombifizierung. Wir machen nur Spaß. Wie immer.
Jonas lächelt schwach.
Es sieht auf eine seltsame Art und Weise traurig aus.
Wir blinzeln wieder in die Sonne und schweigen.
»Was hast du Silke erzählt?«, frage ich nach einer Weile.
»Die Wahrheit«, antwortet Jonas.
»Alles?«
»Quark *alles*! Silke ist cool. Aber so cool auch wieder nicht. He, denkst du, die würde mich

noch rauslassen, wenn sie wüsste, was du wirklich vorhast? Ich habe ihr besser mal nicht gesagt, wo genau das Plakat flattern soll. Das erfährt sie früh genug.« Er lacht. »Pass auf. Die Superstudentin zieht sich alle paar Wochen *Twilight* rein. Alle Teile hintereinander. Sie heult jedes Mal! Weil die blöden Glitzervampire ja sooo unendlich romantisch sind.« Er tätschelt mir das Knie. »Wir beide sind, Achtung, ihre Worte: in *romantischer Mission* unterwegs. Deshalb deckt sie uns weiter. Außerdem kann sie den Glohm genauso wenig leiden wie ich. Sie findet ihn total übermotiviert, sagt sie.«

Wir sind in romantischer Mission unterwegs.

Stimmt.

Der Gedanke macht mich ganz kribbelig.

Warum sitze ich dann noch hier bei den Faultieren?

Ich will Leo überraschen.

Ich will, dass sie aus den Flipflops kippt und Grinse-Lukas vergisst.

Ich will, dass sie sich Hals über Kopf in mich verliebt!

Ich springe auf.

9:05

Jonas und ich rollen die riesige Karte aus. Die Welt liegt uns zu Füßen. Sozusagen.

»Die Schrift muss richtig fett werden«, erkläre ich. »Falls Leo weiter hinten steht, muss sie es trotzdem lesen können.«

Zum Glück entpuppt sich der Werkzeugschrank in der Garage der Sauerweins als wahre Fundgrube. Jonas und ich entscheiden uns für einen schwarzen Metallschutz-Lack. Wir bewaffnen uns mit Pinseln verschiedener Stärke und ziehen Einweghandschuhe über.

»Also, was willst du schreiben?«

Eine gute Frage. Eine sehr gute Frage. Verdammt! Ich habe mich so auf die Aktion an sich konzentriert, dass ich darüber noch gar nicht nachgedacht habe!

»Leos Name darf nicht mit drauf«, überlege ich laut. »Sonst kriegt sie Ärger mit dem Liebmann. Hm. Ich soll sie überraschen, hat sie gesagt. Dann geht sie vielleicht mit mir aus und …«

Klick!
Gegen mich kann der Getränkeautomat in der Cafeteria einpacken! Wusste ich es doch, dass mein Hirn etwas ausspucken wird.
Ich ziehe mit dem dünnsten Pinsel die Buchstaben vor. Ein Picasso bin ich nicht gerade. Aber für meine Zwecke reicht es.

Überraschung, holde Maid! Für dich
setze ich alles auf eine Karte!
Dein tapferer Held!

Damit ist eigentlich alles gesagt. Trotzdem fehlt noch etwas.
Ich grinse, als mich der krönende Abschluss anspringt. Mit Schwung setze ich mit etwas Abstand darunter:

PS: Und vergiss den Bettpfosten!

Jonas nickt. »Okay. Aber da kapiert nicht nur Leo, von wem die Botschaft stammt. Lukas, Yasi und Jule waren auch bei unserem kleinen Gespräch dabei, schon vergessen? Die Mädels halten dicht. Aber was ist mit Lukas?«
Der Schönling ist mir egal. Er wird schon ein

fairer Verlierer sein. Ich kann ihn nicht leiden, aber ich halte ihn auch nicht für ein Kameradenschwein, das andere verpfeift.
Ich zucke mit den Schultern.
Jonas fragt nicht weiter nach.
Gemeinsam schwingen wir die Pinsel.
Wir füllen die vorgezeichneten Buchstaben mit dem schwarzen Lack. Luxemburg verschwindet unter einem dicken Klecks und auch nördlich von Rügen entsteht eine neue Ostsee-Insel.
»Klatsch ruhig ordentlich was drauf!«, weise ich Jonas an.
Am Ende ziehe ich die Ausrufezeichen noch einmal extra dick nach.
Endlich sind wir fertig. Zufrieden betrachten wir unser Kunstwerk.
»Wenn ich das so lese, würde ich mich am liebsten selbst daten«, sage ich.
»Alles klar, du holde Maid!«, erwidert Jonas.
Nein. Die holde Maid ist und bleibt Leo. Aber ich bin der tapfere Tim und werde ihr Herz im Sturm erobern! Alles ist perfekt.

10:23

Die Kacke ist am Dampfen!
Ich tippe den Lack auf der Karte vorsichtig mit der Fingerspitze an. Das Zeug hat eine klebrige Haut gebildet. Wie Schokopudding. Darunter ist es immer noch flüssig.
Die Sonne brennt vom Himmel, dass sich jedem Wüstenkamel die Locken kräuseln würden. Aber die blöde Farbe denkt sich: *Nö, ich trockne nicht.*
»Das kannst du noch nicht zusammenrollen«, sagt Jonas. Zum vierten Mal innerhalb der letzten Stunde. »Sonst verschmiert die Schrift und keine Sau kann es mehr lesen.« Er lehnt wieder an der Garage. Der Blitzmerker. Gleich kriegt er den Nobelpreis verliehen für seine Intelligenz.
Und überhaupt: Vor zweieinhalb Stunden waren es noch *wir* und *unser*. Jetzt ist es schon *du* und *dein Plakat*.
»Rammelt mir irgendwo ein Blindenhund am Bein rum?«, fahre ich ihn an. »Das sehe ich selbst!«

Jonas hebt beschwichtigend die Hände. Weit nimmt er sie aber nicht hoch. Die Affenhitze macht jede Bewegung doppelt anstrengend. »Ich meine ja nur. Wenn du es sowieso schon weißt, hast du sicher auch einen Plan. Also, was machen wir jetzt?«
Ich werfe einen Blick auf meine Handyuhr. »Pause ist um elf Uhr fünfzehn. Wir müssen vorher da sein. Dafür haben wir locker noch eine halbe Stunde. Bis dahin ist es tipptopp. Hundertprozentig.«
Ich nicke, um mich selbst davon zu überzeugen. Es wirkt. Fast. Bis Jonas wieder den Mund aufmacht.
»Alter, so lange brauchen wir allein zu Fuß in die Schule!«, mault die Nörgeltante. »Silke hat uns vielleicht vor Glohm gedeckt. Aber sie fährt uns bestimmt nicht. Der Liebmann schwärmt heute noch von ihr. Sooo diszipliniert. Sooo klar und korrekt. Sooo einzigartig. Sie will sicher nicht, dass er sie dabei erwischt, wie sie uns hilft.« Er wirft mir einen müden Blick zu. »Tim. Das haut nie und nimmer hin. Es war eine echt tolle Idee, aber vielleicht sollten wir zusehen, dass wir zurückkommen. Du kannst doch auch einfach noch mal mit Leonie reden.«

»Danke für deine Unterstützung!«

Ich habe keinen Ritt auf einem verkehrsuntauglichen Rad überlebt, erst eine bescheuerte Hecke geknutscht und mich dann von der Schwerkraft verarschen lassen, ich habe mir nicht den winzigen Zapfhahn eines menschlichen Bierfasses angeguckt und Albträume wegen seiner ebenso mächtigen nackten Frau riskiert, ich bin nicht einem vollkommen verrückten Hausmeister gleich zwei Mal entkommen, um mich dann von ein bisschen schwarzer Farbe in die Knie zwingen zu lassen!

»Aufstehen und anfassen!« Ich klinge wie Glohm, wenn er die Schüler im Winter von den Heizkörpern jagt. »Wir tragen es. So, wie es ist. Ausgerollt. Die Sonne knallt drauf, der Lack trocknet, kurz vor der Schule rollen wir es dann ein. Dann das neue Schullogo runter, die Weltkarte hoch, fertig. Problem erkannt, Problem gebannt.«

»Jetzt hast *du* aber bei der Sprüche-Oma geklaut.« Jonas rührt keinen Finger. »Ernsthaft, Tim. Denk doch mal nach. Selbst *wenn* das funktionieren würde … und das glaube ich nicht, immerhin hatte der Lack schon über eine Stunde Zeit … also, selbst *wenn*, was machst du, wenn Leo gar nicht auf so eine Aktion steht? Du musst dir echt überlegen, was sie …«

»Hervorragende Idee!«, unterbreche ich ihn und packe die Karte an einer Seite. »Das besprechen wir unterwegs. Und jetzt nimm endlich!«

Jonas stöhnt. Aber er sieht ein, dass er keine Chance gegen mich hat. Er rappelt sich auf und hebt das Plakat an.

Ich laufe rückwärts aus dem Hof.

Für den Bürgersteig sind wir zu breit. Wir bleiben auf der Straße und nehmen beide Fahrspuren ein. Autos tauchen um diese Uhrzeit in der Gegend zum Glück fast nie auf.

Wir wenden uns nach Norden und trotten los. Dabei geben wir bestimmt ein super Bild ab.

»Irgendwie auch witzig, oder?«, frage ich.

»Ehrlich? Nein. Ich muss echt bescheuert gewesen sein mich darauf einzulassen. Ich *bin* bescheuert, dass ich immer noch mitmache. Okay, am Anfang klang's ganz cool. Aber wir werden so was von Ärger bekommen, Tim!«

Alles klar, bei Jonas ist wieder mal Weltuntergang angesagt.

Er kann ein richtiges Weichei sein.

Zum Glück kenne ich ihn schon ewig. Ich weiß, wie ich ihn aufmuntern kann.

»Jetzt sperr mal deine Lauscher auf«, sage ich. »Aber pass auf, dass kein Vogel reinfliegt.«
Das ist ein altes Spiel zwischen uns. Ich ziehe Jonas wegen seiner Ohren auf. Jonas erträgt es stillschweigend und …
»KANNST DU ENDLICH MAL MIT DEM SCHEISS AUFHÖREN? ICH HABE GROSSE OHREN! JA! ABER MUSST DU STÄNDIG … STÄNDIG … ACH, VERGISS ES EINFACH, OKAY? HALT JETZT EINFACH NUR DIE FRESSE!«
Weltuntergang. Ganz klar.
Da will man sich normal mit ihm unterhalten und er flippt aus. Sein Organ hat man bestimmt bis zur Internationalen Raumstation gehört. Mindestens. Wir können von Glück reden, wenn es die Fuchs in der Geschwister-Scholl nicht vom Stuhl gehauen hat.
Ob Jonas wissen will, dass seine Ohren jetzt glühen wie zwei genmanipulierte Tomaten in der Mikrowelle? Eher nicht.
Es ist wohl besser, wenn wir uns auf das Laufen konzentrieren. Wir müssen uns ranhalten. Nicht, dass Jonas mir noch umkippt, bevor wir das Ding auf die Bühne gebracht haben! Das würde ich ihm echt übel nehmen.

11:09

Wir müssen von der Straße runter.
Bisher haben wir in Hofeinfahrten oder Gärten ausweichen können, wenn wir ein Auto gehört haben. Jetzt nähern wir uns dem Bahnhof. Der Verkehr nimmt zu. Lange bleiben wir nicht mehr unentdeckt.
Zum Glück müssen wir die Karte nicht mehr ganz straff spannen.
Wusste ich es doch, dass die Farbe rechtzeitig trocknet!
Ein bisschen feucht ist sie noch, deshalb tragen Jonas und ich das riesige Ding locker zwischen uns durchhängend. *Vorsicht ist die Mutter der Porzellankiste!*, würde die Sprüche-Oma sagen. Aber an der Schule ist das Teil tipptopp!
Wir biegen in die Riesengasse ein. Aus den Augenwinkeln sehe ich etwas Froschgrünes auf der parallel verlaufenden Brückenstraße vorbeizischen. Es verschwindet hinter dem Landratsamt.

Wenige Sekunden später schießt es rückwärts wieder in mein Sichtfeld.
»Welcher Trottel …?«, frage ich.
Und checke, wen ich da sehe.

11:10

Flucht!
Das Wort leuchtet in Neonbuchstaben in meinem Kopf auf. Wie bei den Neandertalern. Die hatten zwar noch keine Neonlichter. Aber wenn ein durchgeknalltes Mammut auf sie zustampfte, gingen auch die Leuchten an. Die Neandertaler haben dann nicht lange darüber nachgedacht, dass es noch gar keine Elektrizität gab. Sie sind gerannt.
»Links!«, brülle ich. Die Karte spannt sich. Ich höre ein leises Reißen. »Das andere Links!«
Jonas ändert gerade noch rechtzeitig die Richtung, bevor Schlimmeres passiert. Dabei bringt er das Kunststück fertig, gleichzeitig zu hecheln und zu fiepen.
Glohms froschgrüner Kombi schießt nach vorn und blitzt zwischen den Häusern auf.
Er versucht uns den Weg abzuschneiden!
Jonas und ich biegen in den Bussardweg. In das schmale Teil kann Glohm uns nicht folgen. Wir

schlagen einen Haken und laufen in die entgegengesetzte Richtung. Zwei Straßen weiter kehren wir um, nehmen aber die Route unterhalb des Landratsamts vorbei zum Bahnhof.
»Stopp«, flüstere ich.
Schon klar, dass Glohm uns in seinem Auto nicht hören kann. Aber die Neandertaler haben auch nicht munter vor sich hin gequatscht, wenn sie das Mammut im Dickicht abgeschüttelt haben.
Genau das ist uns mit Glohm gelungen.
Wir haben ihn abgeschüttelt.
Hoffe ich.
Ich spähe um die Ecke. Wenige Meter vor uns liegt die Unterführung. Durch die sind wir in einer halben Minute in der Industriestraße. Von dort aus ist es ein Katzensprung zur Geschwister-Scholl. Glohm muss wieder außen herum fahren. Bevor er blickt, dass wir schon auf dem Pausenhof sind, haben wir das Logo gegen die Karte ausgetauscht und melden uns geheilt zum Unterricht zurück. Dann kann er uns gar nichts mehr.
»Wir schaffen das«, flüstere ich. Mehr zu mir selbst als zu Jonas.
Ich atme tief durch.
Los geht's!

11:11

Jonas und ich joggen die Stufen der
Unterführung nach oben.
Wir treten ins Sonnenlicht.
Rechts von uns liegt die Bushaltestelle.
Von links erklingt ein Röhren.
Glohms Wagen schießt in die Industriestraße –
und bremst.
Jonas und ich erstarren mitten in der Bewegung.
Ein laues Lüftchen weht durch mein zerfetztes
Shirt.
Glohms Motor heult auf.
Jonas fiept.
Glohm gibt Vollgas.
Jonas schreit.
Ich auch.
Wir sprinten los.
Die riesige Karte spannt sich straff zwischen uns.
Ich schaue über die Schulter zurück.
Glohms Wagen braust auf uns zu.
Und brettert mit vollem Karacho durch die Karte.

11:11

Zeitlupe: Glohms Wagen kommt wenige Meter vor Jonas und mir zum Stehen. Die Straße staubt. Die Tür schwingt auf. Glohm setzt gemächlich den linken Sicherheitsschuh auf den Asphalt. Er schält sich aus dem Wagen und richtet sich zu voller Größe auf.
Dabei grinst er breiter, als Jonas es jemals könnte.
»Einsteigen! Beide!«, dröhnt er.
Ich werfe einen Blick auf meine Hände. In der rechten halte ich einen Fetzen meines Plakats. Oder meiner Liebeserklärung an Leo. Den Rest weht der Wind träge in Richtung Strauchrosen, Bierdosen und Aldi-Tüten davon. Die großen Teile bleiben im Maschendrahtzaun hängen.
»Habt ihr nicht gehört? In den Wagen!«
Glohms Stimme duldet keinen Widerspruch.
Meine Beine setzen sich fast wie von selbst in Bewegung.

11:24

Eine geschlossene Tür kann ganz schön brutal sein. Seit zehn Minuten starre ich das kackbraune Holz an. Dahinter wird mein bester Freund von Liebmann zu Sushi verarbeitet.
Ich muss derweil in dem schmalen Flur zwischen Liebmanns Büro und dem Sekretariat warten.
Die Stühle hier sind gepolstert und viel zu gemütlich für den Anlass.
Aus dem Sekretariat dringt das Klackern der Tastatur zu mir herüber. Keine Ahnung, was die Fuchs eineinhalb Stunden vor den Sommerferien noch tippt. Wahrscheinlich die Schulverweise für Jonas und mich.
Glohm ist auch bei Frau Fuchs. Er genießt seinen Triumph schweigend. Sein selbstzufriedenes Grinsen erfüllt trotzdem den Raum und wabert gehässig zu mir herüber.
Durch die offene Tür zum Sekretariat sehe ich die Uhr. Die tickt langsamer als die anderen im Schulgebäude. Ganz sicher.

Jonas kommt aus Liebmanns Büro. Er hält den Kopf gesenkt und sieht mich kaum an.
»Er ruft dich gleich rein«, sagt er. »Ich muss los. Ich soll dem Fritzel sagen, dass du später kommst. Viel Glück.«

11:28

Ich höre jemanden das Sekretariat betreten und kurz mit Frau Fuchs reden. Die Stimme klingt leicht heiser und einfach unwiderstehlich. Mein Herz schlägt höher.
Vor nicht einmal vier Stunden hätte ich in dieser Stimme baden wollen. Jetzt möchte ich mich unter dem Stuhl vor ihr verstecken.
Leo betritt den Flur und nimmt wortlos neben mir Platz. Ich starre weiter auf Liebmanns kackbraune Tür, auch wenn das auf Dauer Augenkrebs verursacht. Leo kann ich nicht anschauen.
Aber ich muss wissen, warum sie hier ist.
Hat sie meinetwegen Ärger?
Ich vertraue meinem Sprachzentrum nicht wirklich. Aber so eine einfache Frage sollte ich noch hinkriegen.
Ich öffne den Mund. »Äääh hh?«
Mist.
Leo versteht die Frage trotzdem. »Jonas hat mich

in der Pause abgefangen. Er hat mir alles erzählt.«

»Ah.«

Schon klar, dass Leo mehr von mir erwartet als komische Geräusche. Ich atme tief durch und versuche den Kamerablick zu vermeiden. Ich drehe den Kopf und sehe Leonie an.

Seltsamerweise bleibt alles um sie herum klar. Viel gibt es in dem Flur auch nicht, das verschwimmen könnte. Dass ich sie ganz normal anschauen kann, macht sie nicht weniger hübsch. Nur wirklicher.

Leonie Farber, meine Mitschülerin seit der siebten Klasse. Das Mädchen, in das ich verknallt bin. Total.

Ich weiß plötzlich, dass mein Sprachzentrum trotzdem keinen Schwachsinn mehr fabrizieren wird.

»Die Challenge ist nicht ganz so gelaufen, wie ich gehofft habe«, sage ich. Die Worte kommen klar und verständlich aus meinem Mund. Immerhin.

Leos Stirn wirft wieder die hübschen kleinen Falten. Sie schüttelt den Kopf. »Dass ihr Jungs alles gleich als Wettbewerb auffassen müsst.« Sie seufzt. »Du nervst, Tim. Wusstest du das? Es

sind nicht mal deine blöden Witze. Die machen andere auch. Aber du … du bist so dauerlustig. Du willst andere *nur* zum Lachen bringen. Immer. Das ist echt anstrengend.«
Ich habe keinen blassen Schimmer, wovon sie spricht.
»Pass auf.« Leo scheint etwas einzufallen, mit dem sie es mir erklären könnte: »Vor einem Jahr ist dein Uropa gestorben. Ja? Ich habe damals mitbekommen, wie du dich mit Jonas darüber unterhalten hast.« Sie rutscht auf ihrem Stuhl nach vorn und räuspert sich. »*Heinrich mit der Maulwurf-Brille. Jetzt ruht er bei seinesgleichen. Hoffentlich buddelt er nicht den kompletten Friedhof um.*«
»So höre ich mich nicht an!«
»Kann sein. Aber du hast nicht mal vor deinem einzigen richtigen Kumpel zugeben können, dass du traurig warst! Oder meinetwegen auch wütend auf deinen Urgroßvater, dass er jetzt tot ist. Oder was auch immer. Du hast sogar das ins Lächerliche gezogen.«
»Dann kapiere ich erst recht nicht, was das heute Morgen sollte!«
Ich fasse es nicht, was gerade passiert: Leo und ich streiten. Ich pflaume sie richtig an. Eine

super Art, ihr zu zeigen, wie sehr ich sie mag. Aber ich kann nichts dagegen tun, ich blaffe weiter: »Wenn ich dir eh nur auf den Keks gehe, hättest du mich nicht anstacheln sollen! Warum hast du das gemacht?«

Leo grinst schief. »Da war dieser kleine Junge. Erinnerst du dich? Der mit dem Spongebob-Rucksack? Den die Mutter so hinter sich hergezerrt hat? Ich habe deinen Blick gesehen. Du hast wegen ihm einen Rückzieher gemacht.«

»Als ob«, sage ich.

Schnell.

Zu schnell.

Ich habe den Jungen gesehen, ja. Und mich. In dem Jungen. Irgendwie. Immer Mami und Papi hinterherrennend. Keine Ahnung, wie ich Leo das erklären soll.

Leo schaut mich traurig an.

Genau wie Jonas bei sich zu Hause vor der Garage.

Wahrscheinlich ist heute der Tim-Bauer-komisch-anschauen-Welttag und keiner hat es mir gesagt. Oder Leo und Jonas haben heimlich einen Kurs besucht, ohne dass ich davon wusste: *Bekloppt gucken für Anfänger und Fortgeschrittene. Gehen Sie Tim auf die Nerven in nur drei Sekunden!*

»Heute Morgen hatte ich echt das Gefühl, dass du mehr bist als der Klassenclown«, sagt Leo. »Ich fand das total interessant. Ich wollte nur, dass du mir das noch mal zeigst. Eine andere Seite von dir, verstehst du? Aber die Aktion, von der Jonas gerade erzählt hat …« Sie lacht. »Eine große Show, damit alle sehen, wie toll du bist. Und wer steht im Mittelpunkt? Der phänomenale Tim Bauer. Das wäre keine große Überraschung gewesen, Tim. Kein Stück. Und dann der Spruch!« Sie äfft mich wieder nach: »*Überraschung, holde Maid! Für dich setze ich alles auf eine Karte! Dein tapferer Held!* Und am besten noch einen blöden Witz in Richtung Lukas hinterherschießen. Hinter dem Gag kannst du dich auch gleich schön verstecken, damit niemand merkt, wie unsicher du dir eigentlich bist.«

»Tss.« Ich werfe einen Blick auf meine nicht vorhandene Armbanduhr. Jetzt reicht es mir. Echt. »Vielen Dank für die Sitzung, Frau Therapeutin. Sie schicken mir die Rechnung, ja? Und sollen wir gleich den nächsten Termin vereinbaren? Nach den Sommerferien vielleicht?«

Leo lacht nicht. »Sorry, Tim. Du glaubst es mir

wahrscheinlich nicht. Aber ich hätte dich echt gern besser kennengelernt. Ganz ehrlich. Aber so kann ich sehr gut darauf verzichten.«

Sie steht auf und will gehen.

Ich springe nach vorn.

Eigentlich ist das Banane. Leo hat mir klar und deutlich ihre Meinung gesagt. Ich will auch gar nichts darauf erwidern. Den Mist muss ich mir genauso wenig antun wie sie. Ich drücke ihr nur den Fetzen der Weltkarte in die Hand, den ich betrachten musste, wenn ich mir nicht gerade an Liebmanns Tür die Augen ruiniert habe.

»Kannst du das auf dem Weg nach draußen entsorgen? Das brauche ich nicht mehr.«

Leo ist zu überrumpelt, um abzulehnen. Sie wirft einen Blick auf das Papier, runzelt die Stirn und nickt.

Dann ist sie weg.

Heute ist der beschissenste Tag meines Lebens.

11:34

»Tim, kommst du bitte?«
Nein.
Ich bleibe sitzen.
Für immer.
Meine Beine sind schwer wie Blei. Kein Wunder. In den letzten drei Stunden bin ich so viel gefahren, geklettert, gesprungen und gerannt wie nie zuvor in meinem Leben. Ich bin komplett am Ende.
Schlimmer als die körperliche Erschöpfung ist die Leere in meinem Kopf.
Und die im Herzen.
Leo hat Schwachsinn abgesondert. Den würde ich gern mit einem Knallerwitz in die Luft jagen. *Bumm* und weg! Damit ich darüber lachen kann. Aber mein Gehirn schaltet auf Getränkeautomat und wirft nicht mal das stille Wasser aus statt der Apfelschorle.
»Tim?«, fragt Liebmann noch einmal.
Ich wische mir mit einer schnellen Bewegung

über das Gesicht. Meinen Augen scheint der Kamikaze-Ritt immer noch nachzuhängen. Sie sind gereizt und leuchten wahrscheinlich so rot, als hätte ich drei Nächte lang Party gemacht.
»Jawoll, Herr Liebmann!« Ich springe auf und salutiere. Ganz der Tim, den alle erwarten. Ich kann eben niemanden überraschen.
Ich habe Scheiße gebaut, okay. Aber wenn schon Scheiße, dann Scheiße mit Schwung.
Liebmann sagt nichts. Er geht voraus und nimmt hinter seinem wuchtigen Schreibtisch Platz. Ich schließe die Tür und setze mich auf den freien Stuhl ihm gegenüber.
Herr Liebmann sieht eigentlich gar nicht so lieb aus. Seine Glatze ist seltsam rechteckig. Als würde er den polierten Schädel jeden Morgen zehnmal gegen die Wand donnern, bevor er in die Geschwister-Scholl kommt.
Wenn ich Schüler hätte wie mich, würde ich das vielleicht auch machen.
Er überfliegt ein vollgeschriebenes Blatt. Die Worte stehen für mich auf dem Kopf. Ich kann nichts entziffern. Liebmann scheint auch nicht zu gefallen, was er sich notiert hat. Immer wieder stößt er ein Brummen aus. Freundlich hört er sich dabei nicht an.

»Es war alles meine Idee«, sage ich.
Stimmt ja auch. Jonas hat nur mitgemacht. Er sollte nicht dafür bestraft werden, dass er ein guter Freund sein wollte.
Liebmann legt das Blatt zur Seite, stützt die Ellbogen auf die Tischplatte und führt die gefalteten Hände an den Mund. Es fehlt nur noch die Brille, über deren Rand hinweg er mich oberschlau anschauen kann.
»Unentschuldigtes Fernbleiben des Unterrichts«, sagt er. Ganz nüchtern.
Komischerweise klingt er dadurch viel ernster, als wenn er mich anschreien würde.
»Ich präzisiere. Mutwillige Täuschung, um dem Unterricht fernzubleiben. Vorspiegelung falscher Tatsachen also. Das geht in Richtung Betrug, Tim. Dann hätten wir einen Hausfriedensbruch durch das unerlaubte Betreten eines Grundstücks. Viel schwerer wiegt noch die Verletzung des höchst persönlichen Lebensbereichs durch eine Bildaufnahme.« Er öffnet die Hände. »Oder wog. Robert Wollerbach hätte auf eine Anzeige bestanden, wenn seine Eltern sich nicht so für dich und Jonas eingesetzt hätten. Ich musste ihm und seiner Frau versichern, dass Jonas das

entsprechende Bild in meiner Gegenwart löscht. Das hat er getan. Sollte Jonas es vorher irgendwo hochgeladen haben und es taucht auch nur ein einziges Mal im Netz auf, dann …« Er lässt die Drohung unausgesprochen.

Ich kann es trotzdem nicht fassen.

Robert Wollerbach wollte Jonas und mich anzeigen?

Hüpft mit seinen Alten wahrscheinlich nachts nackt auf dem Trampolin und mutiert wegen unseres kurzen Besuchs zum Oberspießer?

»Schlussendlich hätten wir eine geplante Sachbeschädigung durch das Entfernen des neuen Schullogos.«

Liebmann sieht mich abwartend an.

Aber was soll ich sagen? Er hat meinen Tag ganz gut zusammengefasst. Dummerweise hat er sich bei ihm gar nicht mal so lustig angehört.

»Das ist ziemlich viel kriminelle Energie auf einmal, Tim.«

Wieder wartet er. Aber er hat mit zwei Wörtern geschafft, was Leo nicht ganz hingekriegt hat. Er hat mein Sprachzentrum komplett lahmgelegt.

Kriminelle Energie.

So war das doch gar nicht gemeint!

»Jonas wollte auch erst nicht den Mund

aufmachen. Ich wusste aber schon einiges von Herrn Glohm. Ich habe daraufhin mit Silke Sauerwein telefoniert. Zum Glück kann man sich auf sie verlassen. Eine tolle Schülerin und jetzt wahrscheinlich auch eine hervorragende Studentin, die es noch weit bringen wird, Tim. Du und Jonas, ihr solltet euch ein Beispiel an ihr nehmen! Herr Wollerbach hat schon vorher mit ihr gesprochen und sich über Jonas und dich beschwert. Jonas' Eltern sind bereits im Bilde. Und mit deinem Vater habe ich auch gesprochen, Tim.«

Wieder wartet Liebmanns auf eine Reaktion.

Meine Eltern wissen Bescheid.

Okay.

Dieses Mal werden sie sich nicht mit einem Anpfiff zufriedengeben, der am nächsten Tag wieder vergessen sein wird. So lief das bisher in solchen Fällen ab: eine ernste Unterhaltung beim Abendbrot. Nur da sind wir drei zusammen. Danach ab aufs Zimmer. Einen Abend später motzt mein Vater mindestens genauso schlimm über einen Lieferanten oder regt sich über einen nervigen Kunden auf. Meine Mutter jammert über die viele freiwillige Arbeit. Ich sitze dabei und falle nicht auf.

»Was hast du dir nur dabei gedacht, Tim?« Liebmann fängt schon mal an mit der Standpauke. Eine klasse Übung für zu Hause. »Dein sogenannter *Plan* hatte Löcher ohne Ende! Angefangen bei deinem Anruf im Sekretariat. Dir ist doch klar, dass du zu Beginn des neuen Schuljahrs eine schriftliche Entschuldigung hättest nachreichen müssen? Die Verwaltung denkt durchaus über die Sommerferien hinaus. Oder hättest du dafür auch noch die Unterschrift deines Vaters oder deiner Mutter gefälscht?«
»Mutter.« Weil der Liebmann auf ganze Sätze steht, füge ich hinzu: »Ich hätte die Unterschrift meiner Mutter nachgemacht. Die kann ich besser.«
Liebmann zieht hörbar die Luft ein. »Na, wenigstens bist du in dem Punkt ehrlich. Aber du kannst doch nicht ernsthaft geglaubt haben, dass ihr mit dem ganzen Mist durchkommt? Selbst wenn ihr euer Vorhaben umgesetzt hättet, wäre doch vollkommen klar gewesen, dass ihr dahintersteckt. Das ist ja fast wie bei kleinen Kindern, die sich die Hände vor die Augen halten und denken, man sieht sie nicht mehr. Du bist fünfzehn, Tim!«
Ich sage immer noch nichts. Liebmann scheint

sich damit abzufinden. »Na, zum Glück konnten wir das Schlimmste verhindern.«
Was in seinen Augen das Schlimmste gewesen wäre, sagt er nicht: die Anzeige der nackten Wollerbachs oder der Austausch des Logos durch mein Plakat.
Liebmann nimmt den Hörer vom Telefon, lässt mich dabei aber nicht aus den Augen. »Frau Fuchs, würden Sie bitte Herrn Glohm zu mir herüberschicken? Danke.«
Keine fünf Sekunden später steht Glohm hinter mir. Ich kann ihn nicht sehen – aber deutlich spüren. Die Härchen in meinem Nacken stellen sich wie elektrisiert auf.
Für Glohm ist es bestimmt das Größte, bei meiner Hinrichtung dabei sein zu dürfen. Denn darauf läuft Liebmanns Monolog doch hinaus: Er wirft mich von der Schule. Diesmal wirklich. Vielleicht darf Glohm das Urteil sogar selbst vollstrecken? Er führt mich nach der Verkündung vom Schulgelände wie einen Schwerverbrecher – der ich in Liebmanns Augen ja auch bin. Dummerweise kann ich ihm da nicht mal widersprechen.
»Herr Glohm.« Liebmann ergreift wieder das Wort. »Erklären Sie mir doch bitte noch einmal,

wie Sie den beiden auf die Spur gekommen sind und was genau Sie daraufhin unternommen haben.«

Das muss er Glohm nicht zweimal sagen. Wahrscheinlich wächst er hinter mir gerade um einen halben Meter.

»Ich war bei Frau Fuchs, als Tims Vater sich gemeldet hat«, startet er auch gleich seinen Bericht. »Also, angeblich war es sein Vater. Ich war mir aber sicher, dass ich Tim Bauer und Jonas Sauerwein heute Morgen bereits in der Nähe der Bühne gesehen habe. Mir war sofort klar, dass sie etwas im Schilde führten! Also habe ich von meinem Apparat aus die Anruferliste eingesehen und festgestellt, dass es nicht Herrn Bauers Nummer war. Ich habe die unbekannte Nummer zurückgerufen und mein Verdacht hat sich bestätigt. Tim hat abgenommen.«

»Und dann sind Sie losgezogen, um handfeste Beweise zu sammeln?«

»Korrekt, Herr Liebmann!« Glohms Stimme ist zu einem freudigen Fiepen angeschwollen. Er räuspert sich, aber viel hilft das nicht. »Tim war dann zwar zu Hause anzutreffen. Und auch Silke Sauerwein hat felsenfest behauptet, ihr Bruder läge krank im Bett.« Er ändert den Tonfall.

»Übrigens denke ich, dass auch Silke Sauerwein da zur Verantwortung gezogen werden müsste. Sie ist zwar keine Schülerin mehr, aber sicher kann man eine entsprechende Meldung an die Universität …«
»Herr Glohm, weiter.«
»Natürlich.« Hinter mir erklingt ein Geräusch, als würde Glohm die Hacken zusammenschlagen. »Ich war also weiterhin wachsam und habe die Augen offen gehalten. Und tatsächlich, auf dem Rückweg habe ich die beiden auf frischer Tat ertappt. Ich habe sie gestellt und …«
» … sind mit Ihrem Wagen zwischen den minderjährigen Schülern Bauer und Sauerwein durchgeschossen wie ein Verrückter!«, beendet Liebmann den Satz.
Schreiend.
Der Ausbruch gilt nicht mir. Ich zucke dennoch zusammen. Auch Glohm ist augenblicklich still.
»Ein falscher Tritt einer der beiden!«, bellt Liebmann. »Ein kleines Stolpern! Ist Ihnen in den Sinn gekommen, was bei Ihrer Aktion hätte passieren können? Das war grob fahrlässig! Das war mehr als das. Es war … war … Mir fehlen die Worte. Sie können von Glück reden, dass wir

uns hier in meinem Büro unterhalten und nicht im Krankenhaus. Oder, Gott bewahre, in der Leichenhalle!«

Jetzt bedauere ich doch, dass ich Glohm nicht sehe. Sein rechtes Auge spießt Liebmann bestimmt auf, während das linke einen irren Stepptanz vollführt.

Liebmanns Glatze leuchtet roter als Jonas' Ohren vorhin. Eine dicke Ader schwillt pochend an.

»Warum haben Sie mich nicht einfach informiert? Stattdessen ziehen Sie los! Das geht weit über Ihre Kompetenzen hinaus, Herr Glohm! Da brauche ich auch keine Studentin der Rechtswissenschaften, die mir am Telefon ihre Verwunderung über Ihr Verhalten darlegt, Herr Glohm! Eine Studentin! Das Ganze geht sogar weit über die Zuständigkeit der Schule hinaus! Das ist Polizeiarbeit!«

Okay, die Polizeiarbeit gefällt mir nun wieder nicht mehr. Zum Glück sieht Liebmann nicht mich an, sondern macht weiterhin Glohm zur Schnecke.

»Ein Schüler fehlt unentschuldigt. Wir versuchen die Erziehungsberechtigten zu erreichen. Gelingt uns das nicht, geben wir das an die örtliche Polizeidienststelle weiter. Die schickt eine Streife vorbei. Trifft sie den Schüler zu Hause an und stellt fest, dass er grundlos den Unterricht versäumt, bringt sie ihn in die Schule. Das, Herr Glohm, ist das richtige Vorgehen!«

Ich spüre Glohms Finger an meinem Rücken. Gleich erwürgt er mich! Vor Liebmanns Augen! Wenigstens gibt es dann einen Zeugen und Glohm wandert in den Knast. Lebenslänglich. Vielleicht verscharren die beiden mich aber auch zusammen. Auf dem Sportplatz. Im Sandkasten für den Weitsprung.

Glohm zieht die Hände zurück und tastet nach der Stuhllehne. Ich atme erleichtert auf. Glohm braucht nur etwas, um sich festzuhalten.

Das ginge mir wahrscheinlich nicht anders.

Mein Mitleid hält sich trotzdem in Grenzen.

Am liebsten würde ich sogar wie Silke nachtreten. Ich würde Liebmann gern stecken, dass er besser mal alle Türen daraufhin kontrollieren soll, ob Glohm sie richtig eingebaut hat. Nicht, dass wieder einmal ein Schüler mit einer davon auf den Flur klatscht! Aber wenn ich mir Liebmann so anschaue, halte ich besser den Mund.

»Tims Nummer ist in der Anruferliste

gespeichert?« Liebmann nimmt den Hörer ab, führt ihn aber nicht ans Ohr. Er drückt ein paar Knöpfe, liest etwas vom Display ab und drückt erneut. Er legt wieder auf.

»Jetzt nicht mehr«, sagt er. »Ich habe die Liste soeben gelöscht.«

Liebmann erhebt sich – und grinst!

Das Bild des wütenden Bären verfliegt. Liebmann ist ein kahlköpfiger Buddha. Glücklich und zufrieden damit, die Welt ins Reine gebracht zu haben.

»Um es kurz zu machen«, sagt er. »Ich habe keineswegs vor, einem meiner lieben Schüler am letzten Tag vor den Sommerferien aus einer *romantischen Mission* einen Strick zu drehen.« Er sieht mich streng an. »Der Weg war falsch, Tim. Und es ist auch nicht alles Friede, Freude, Eierkuchen. Du darfst dich auf eine Menge Ärger gefasst machen. Dein Vater klang nicht gerade erfreut. Ich werde ihn und deine Mutter auch noch zum Gespräch bitten. Aber wenn es nach mir geht, Tim, warst du für die ersten Stunden ordnungsgemäß vom Unterricht abgemeldet.«

Er wendet sich an Glohm. »Ihr Verhalten … mir fehlen immer noch die Worte … Es war absolut inakzeptabel, was Sie sich geleistet haben, Herr

Glohm! Aber ich bin gewillt auch darüber hinwegzusehen. Vorausgesetzt, Sie vergessen die Angelegenheit ebenfalls schnellstens. Sie werden mit niemandem darüber reden, verstanden? Und sollten Sie noch ein einziges Mal derart über das Ziel hinausschießen, müssen wir uns wohl oder übel überlegen, ob *Sie* an dieser Schule richtig sind.«
Liebmann lässt die Worte sacken.
Er wirft einen Blick auf seine Uhr. »Die Pause ist bereits zu Ende, Tim. Du solltest dich beeilen. Hol deine Tasche und dann ab in den Unterricht. Herr Fritzel wartet nicht gern.«
Ich beeile mich.
Ich beeile mich wirklich.
Ich beeile mich aufzustehen und mit gesenktem Kopf an Glohm vorbeizulaufen. Ich will ihm nicht doch noch einen Grund geben, mich zu erwürgen. Denn auch wenn die letzten Minuten äußerst verwirrend waren, kann ich ein leichtes Grinsen nicht unterdrücken.
Ich beeile mich die Tür zu öffnen und auf den Flur zu schlüpfen.
Und ich beeile mich zu nicken, als Liebmann mir hinterherruft: »Ich hoffe, du hast aus dem heutigen Tag etwas gelernt, Tim.«

11:49

»Avada Kedavra!«
Voldemort tötet Harrys Eltern mit einem Wink seines Zauberstabs. Ein grünes Flimmern taucht das Klassenzimmer in ein schummriges Licht. Den Sommer hat der Fritzel für die letzte Doppelstunde ausgesperrt. Die Jalousien sind unten.
Ich husche am Fernseher vorbei und rutsche still auf meinen Platz neben Jonas.
Den Film hat jeder meiner Mitschüler sicher schon hundertmal gesehen. Mindestens. Er interessiert sie trotzdem weit mehr als die Frage, warum ich eine solche Möglichkeit ungenutzt verstreichen lasse.
Ich hätte nur vor der Glotze stehen blieben und einen auf Dunklen Lord machen müssen.
Ich hätte mich wunderbar in Szene setzen können.
Die einen hätten gelacht, die anderen gemosert. Auf jeden Fall hätte ich mein Publikum gehabt.

Aber niemand will wissen, was mit mir ist.
Alle starren nach vorn.
Als wäre ich gar nicht da, wenn ich keine Witze mache.
Wenigstens der Fritzel bemerkt mich. Er nimmt etwas vom Pult und kommt zu mir nach hinten. Er geht in die Hocke und reicht mir ein Blatt Papier.
»Dein Zeugnis, Tim«, flüstert er. »Die anderen habe ich schon zu Beginn der Stunde verteilt.«
Ich werfe einen flüchtigen Blick darauf. Die Noten sind keine Überraschung. Keine Glanzleistung, aber auch keine absolute Katastrophe.
»Im Großen und Ganzen ist es okay, Tim. Aber du hast doch mehr auf dem Kasten. Du musst an deiner Einstellung arbeiten. Du solltest dir ganz allgemein überlegen, was du wirklich erreichen …«
»Ich weiß, Herr Fritzel«, sage ich. »Danke.«
Normalerweise kann der Fritzel es nicht leiden, wenn er unterbrochen wird. Aber etwas in meiner Stimme zeigt ihm, dass es heute in Ordnung ist. Er nickt und erhebt sich.
»Falls du mal etwas auf dem Herzen hast, Tim …«, startet er noch einen Versuch.

Ich nicke. »Ich weiß, Herr Fritzel. Danke.«
Herr Fritzel geht und nimmt wieder an seinem Pult Platz.
Mein Blick wandert jetzt auch nach vorn. Harry sucht sich einen ab nach den blöden Horkruxen. In denen bewahrt Voldemort Teile seiner Seele auf. Ich nehme das nur am Rande wahr. Ich habe längst gefunden, was einen Teil meiner Seele für immer mitgenommen hat.
Ich betrachte Leos Nacken und die flaumigen Strähnchen, die sich aus ihrem Dutt gelöst haben.
Ihr Muttermal.
Alles.
Komischerweise scheint auch Leonie nicht sonderlich gebannt von Harrys Treiben zu sein. Sie senkt den Kopf und betrachtet etwas vor sich. Ich lehne mich zur Seite, um zu erkennen, was …
»Wir können nächstes Jahr immer noch sitzen bleiben und dann im Jahr darauf groß absahnen.« Jonas grinst mich von der Seite an.
Ich lächele schwach zurück.
Jonas und ich sind immer noch beste Freunde. Das will er mir mit dem Vorschlag sagen. Natürlich ist er nicht ernst gemeint. Wir werden

weiterhin zusammen abhängen. Ich werde Jonas auch wieder wegen seiner Satellitenschüsseln auf den Arm nehmen dürfen. Wir werden uns gemeinsam Horrorfilme reinziehen und Spiele zocken.
Aber ob es im nächsten Sommer die Hütte am Strand geben wird? Keine Ahnung. Und das ist okay. Wir werden es sehen.
»Ich glaube, dass das keine gute Idee ist«, sage ich leise.
Jonas sieht mich an. Und nickt. Er schaut zum Fernseher. Ich betrachte ihn noch eine Weile. Meine Augen sind schon wieder gereizt und brennen.

12:50

»Meine lieben Schülerinnen und Schüler.«
Liebmanns Stimme tönt aus den Lautsprechern.
»Liebe Lehrkörper. Ich möchte Sie bitten sich zur jetzt schon traditionellen Verabschiedung im großen Pausenhof zu versammeln. Bitte achten Sie darauf, dass Sie geordnet und gesittet und ohne unnötigen …«
Der Rest der Ansage geht im Jubel unter.
Alle springen auf und schnappen sich ihre Taschen. Fritzel schaltet den Fernseher aus, fährt die Jalousien hoch und nickt zur Tür. Im Klassenzimmer bricht das Chaos aus.
Jeder will der Erste sein, der johlend nach draußen rennt. Sogar die Streber werfen sich mit ausgefahrenen Ellbogen ins Getümmel.
Ich habe nicht vor, mich auf dem Schulhof blicken zu lassen. Ich packe möglichst langsam zusammen. Ich werde warten, bis Liebmann mit seiner Rede fertig ist und die Meute sich verzieht. Dann schleiche ich nach Hause.

Jonas schaut sich nach mir um. Fragend. Ich nicke. Jonas grinst, macht das Zeichen, dass er mich am Nachmittag anrufen wird, und ist weg. Ich schiele zu Leo.
Die nächsten sechs Wochen werde ich damit verbringen, sie mir aus dem Kopf zu schlagen. Ich habe sowieso nichts anderes vor.
Der schöne Lukas verlässt als einer der Letzten den Raum. Der Idiot hält es nicht mal für nötig, auf Leo zu warten. Dem haben die Tagescremes echt die Synapsen verstopft! Mein Herz sticht, als ich sehe, wie er sie jetzt schon behandelt. Sie müsste für ihn doch das Größte sein.
Auch Jule und Yasemin sind schon auf dem Flur und verschwinden zum Hof. Nur Leo und ich kramen noch in unseren Taschen herum.
Nur Leo und ich?
Okay.
Okay, okay.
Das Projekt *Liebeskummer* steht ganz oben auf meiner Ferien-Liste. Ich werde mich ihm voll und ganz widmen. Aber eins muss ich vorher noch loswerden.
Ich trete von hinten an Leonie heran. Sie ist so in Gedanken versunken, dass sie mich nicht bemerkt. Ich räuspere mich. Sie dreht sich um und …

12:53

… ihre Stirn wirft wieder die süßen kleinen Falten. Ich muss mich zurückhalten, dass ich nicht die Hand hebe und sie berühre.
Ich hole tief Luft.
»Ich mag dich.«
Es ist raus.
Endlich.
Einfach so.
Aber ich bin nicht erleichtert, keine Spur! Sofort strömen tausend Gedanken durch meinen Kopf. *Ich mag dich*, klar. Aber Leo soll nicht denken, dass ich damit etwas bei ihr erreichen will!
Ich bin kein kleines Kind mehr, das sich die Hände vor die Augen hält, um sie vor der Wahrheit zu verschließen.
Ich weiß, dass es vorbei ist. Bevor es überhaupt angefangen hat.
Ich mache einen Schritt von Leo weg. »Also, nicht falsch verstehen. Ich wollte es dir einfach nur sagen. Mehr nicht.« Seltsamerweise werde

ich nun doch lockerer. Die Anspannung löst sich. Ich lache. Und fühle mich von einer Last befreit.
»Na ja, ich mag dich. Sehr. Schon eine ganze Weile.« Ich zucke mit den Schultern. »Ich hätte es dir schon früher gesagt, aber ich hab in so was nicht so viel Übung wie der schöne Lukas.«
Ich verdrehe die Augen. Wie Leo es immer macht, wenn etwas sie nervt.
Leo lacht ein bisschen.
»Auf jeden Fall wünsche ich dir viel Spaß mit Lukas am See.«
Das ist gelogen. Wünsche ich ihr nicht. Kein Stück! Lukas soll an seiner Pickelcreme ersticken, bevor er ihr zu nahe kommt! Aber ich muss das sagen und so tun, als ob …
»Der *schöne Lukas*. Nett. So nennt ihr Jungs ihn also. Etwa neidisch?«
Sie beugt sich vor. Ein Hauch ihres Parfums weht zu mir. Ich wette, dass ich nie wieder Plastik und Farbe im Westflügel wahrnehmen werde. So sehr prägt sich mir der Duft ein. Frühlingswiese.
»Wobei mir Bettpfosten auch gefallen hat.« Sie seufzt. »Mann, haltet ihr uns Mädchen eigentlich für so doof? Lukas. Ja. Mit dem gibt man sich ab, wenn man Spaß haben will. Rumknutschen

und so. Aber da stehe ich nicht drauf.« Sie wird rot. »Also, auf das Küssen schon, aber ich will das nicht einfach nur so zum Spaß machen.«
»Du willst was Ernstes.«
Leo nickt. »Das habe ich Lukas längst gesagt. In der großen Pause. War für ihn kein Beinbruch. Er macht sich jetzt an Yasi ran. Ja, das war schon lustig heute Morgen. Wie er sich ins Zeug gelegt hat, um bei mir zu landen. Aber du hast das echt in den falschen Hals gekriegt. Lukas ist so überhaupt nicht mein Typ.« Sie legt den Kopf schräg. »Also, was wolltest du mich jetzt fragen?«
»Hä?« Ich wollte Leo etwas fragen? Interessant. Das wusste ich gar nicht.
»Es ist ja schön und gut, dass du mich magst. Aber darauf folgt doch normalerweise eine Frage, oder?«
Bumm.
Ein Schlag.
Mehr bringt mein Herz nicht zustande.
Dafür ist dieser eine Schlag so gewaltig, dass er mein gesamtes Blut einmal quer durch den ganzen Kreislauf jagt.
Ich muss vorsichtig sein. Ich sollte erst denken, bevor ich …

»Gehst du mit mir aus?« Mein Sprachzentrum macht mir schon wieder einen Strich durch die Rechnung.
Leo wiegt den Kopf. »Fast richtig.«
Ich kann das nächste dämliche *Hä?* gerade noch unterdrücken.
»Du bist nahe dran«, kichert Leo. »Denk weiter nach.«
Mein Gehirn läuft doch schon auf Hochtouren! Gleich explodiert es!
Ich weiche Leos verschmitztem Blick aus. Wer kann sich da auch konzentrieren? Da hätte sogar der Getränkeautomat Probleme. Der wüsste nicht einmal mehr, was Apfelschorle ist und was stilles Wasser.
Ich sehe auf den leeren Flur hinaus. Durch das große Glasfenster zum Hof. Dort stehen die Schülerinnen und Schüler inzwischen dicht gedrängt beisammen. Ich wünsche mich fast dorthin. Ja, ich würde mich sogar auf der Bühne vor all den Leuten sicherer fühlen als hier mit Leo allein. Ich könnte irgendeinen blöden Witz reißen. Alle würden lachen. Nicht über mich, sondern über meine Aktion. Und dann … *klick!*

12:59

Ich weiß, was ich von Leo wissen möchte.
Die Frage fällt mir schwerer als alles andere, das ich heute für sie getan habe. Oder geglaubt habe für sie zu tun. Dabei war es nur für mich.
Damit ist jetzt Schluss.
Ich schließe die Augen.
»Und du? Magst du mich auch?«, frage ich.
Wie im Kindergarten.
Aber nur darum geht es.
Mag Leo mich?
Nicht meine Aktionen, meine verrückten Einfälle, meine Gags.
Mich.
Tim.
Ich schwäche die Frage nicht mit einem Grinsen ab. Ich tarne sie nicht als Lüge. Ich schiebe keinen Witz nach.
Der Gong beendet das Schuljahr.

13:00

Leos Mund kitzelt an meiner Wange. Ich schrecke zurück und öffne die Augen. Leo kichert und schiebt sich wieder nach vorn. Ihre Lippen streifen mein Ohr.

Sie flüstert nur, aber ich verstehe sie gut.

»Penis.«

»Hä?!«

Leo springt in die Luft und klatscht in die Hände. »Gewonnen! Ha! Das war ja einfach. Ich dachte, du darfst nur mit Penis antworten? Waren das nicht die Spielregeln?« Sie grinst zufrieden. Als hätte sie Fritzels komplizierteste Aufgabe vollständig und richtig gelöst. »Aber gut, ich gebe dir noch eine Chance.«

Sie schultert ihre Tasche und hält mir ihre Hand hin.

Ich starre sie an, als hätte ich noch nie fünf Finger gesehen.

Leo seufzt und packt mich.

Ihre Haut ist warm und zart. Aber ich spüre

noch etwas anderes. Ich löse mich und sehe nach. Zwischen unseren Handflächen liegt der Fetzen des Plakats, den ich Leo gegeben habe.
Er hat die Form eines Herzens.
»Also, was ist?«, flüstert Leo. »Penis?«
Sie will es wirklich wissen?
Okay.
Okay, okay.
Wir haben kein Publikum. Aber das brauche ich nicht. Leo ist hier. Bei mir.
»PENIS!«, brülle ich. So laut wie noch nie zuvor.
Leo lacht. Sie nimmt wieder meine Hand.
Gemeinsam laufen wir los.
Bloß raus hier!
Der Sommer wartet.